Mein Freund Johnny

Das Buch

Dies ist die Geschichte von Klaus Jankowski und seinem zwei Jahre älteren Freund Hans Schulzke, den er schon bald nur noch Johnny nennt. Beide wachsen ohne Väter in einer kleinen Hafenstadt an der Elbe in einem Barackenlager auf. Von einem Teil der Einheimischen nicht gemocht, schlagen sie sich durchs Leben und werden unzertrennlich. Eines Tages ist Johnny, der von seiner verbitterten Großmutter aufgezogen wird, verschwunden. Für Klaus bricht eine Welt zusammen. In dieser Zeit wendet er sich im Lager einem Mann zu, der von einem Geheimnis umgeben ist. Als Johnny wieder auftaucht, ist er verändert. Er spricht nicht über das, was geschehen ist. Doch Klaus spürt, dass Johnny Schreckliches durchgemacht hat. Die Freundschaft besteht fort, aber sie wird unheilvoll bedroht.

Der Autor

Manfred Kohrs, geb. 1947, wuchs in Glückstadt an der Elbe auf. Ab 1971 lebte er in Ravensburg. Dort arbeitete er für einen international bekannten Anlagenbauer. 1997 zog er für vier Jahre nach Helsinki. Nach seinem Berufsleben engagierte sich für Kinder, Jugendliche und junge Erwachsene in verschiedenen Initiativen und spielte Theater. Viele Jahre schon hält er Lesungen und schreibt. Er veröffentlichte mehrere Kurzgeschichten in Anthologien, 2013 den Roman »Noch zwanzig Sommer«, der den Zusammenschluss zweier Unternehmen kritisch beleuchtet, und 2018 eine Aufzeichnung über die Flucht eines syrischen Jungen. Seit März 2022 lebt Manfred Kohrs in Hamburg.

Manfred Kohrs

# Mein Freund Johnny

*für Valentina und Johanna*

»Der einzige Weg, einen Freund zu haben,
ist der, selbst einer zu sein.«

Ralph Waldo Emerson (1803-1882),
US-amerikanischer Philosoph und Schriftsteller

FSC
www.fsc.org
MIX
Papier aus ver-
antwortungsvollen
Quellen
Paper from
responsible sources
FSC® C105338

Der Inhalt beruht zumeist auf wahren Geschehnissen.
Allerdings sind sie nicht alle authentisch wiedergegeben.
Manches ist frei erfunden. Jegliche Ähnlichkeit mit lebenden
Personen wäre rein zufällig.

**Bibliografische Information der Deutschen Nationalbibliothek**
Die Deutsche Nationalbibliothek verzeichnet diese Publikation in
der Deutschen Nationalbibliografie; detaillierte bibliografische Daten
sind im Internet über http://dnb.d-nb.de abrufbar.

© 2023 Manfred Kohrs
2.Auflage

Covermotiv: foto-select/ Christian Horz/ Shutterstock.com
Umschlagdesign, Satz, Herstellung und Verlag:
BoD - Books on Demand, Norderstedt

ISBN 978-3-7568-6946-6

# Vorwort

An einem Donnerstagabend im Mai 2020 zappe ich durch die Kanäle. Zumeist laufen bekannte Dokumentationen über das Ende des zweiten Weltkriegs. Auf 3sat finde ich einen Film »Der Zauber der Südsee, die Fidschi-Inseln«. Augenblicklich ist mein Interesse geweckt. Von den Fidschis hatte Johnny damals geschwärmt. Dorthin wollte er. Ich sehe mir den Film an. Die paradiesische Schönheit der Inseln beeindruckt: üppige Vegetation, weiße Sandstrände, glasklares Wasser, faszinierende Unterwasserlandschaften.

Nach dem Film sitze ich noch lange da und denke an den klugen, sensiblen Jungen. Hat Johnny die Fidschis jemals erreicht? Ich sehe und höre Johnny. Sein flehender Blick, der zuckende Mund, die zittrige Stimme: ›Wenn ich es dir wirklich erzählen müsste, würde ich dich belügen. Dich belügen müssen. Weil ich dir die Wahrheit nicht erzählen kann. Weil ich die Wahrheit niemandem erzählen kann. Und da ich dich nicht belügen will, solltest du endlich damit aufhören, mich zu löchern.‹

Damals, als unsere Freundschaft begann, war ich ein zehnjähriger Junge. Im Geiste schlüpfe ich in seine Haut. Immer mehr Bilder kehren zu mir zurück. Und schließlich sehe ich diesen Teil meines Lebens vor mir ablaufen wie in einem Film, als hätte es sich erst gestern zugetragen.

# 1

Wie fast immer hatte Mutter mir abends wieder von sich erzählt, von ihrer Kindheit und Jugend in Ostpreußen, aber noch nie etwas über ihre Flucht mit mir während des »verheerenden und grausamen Kriegs«, wie sie ihn nannte. Immer war sie meinen Fragen ausgewichen. Als ich sie, nachdem sie die Geschichte über ihren Lieblingslehrer wieder mal beendet hatte, fragte, ob sie nun von ihrer Flucht mit mir erzählen würde, dachte sie lange nach. Ich wurde schon ungeduldig, sagte ihr, dass sie doch anfangen möchte. Da begann sie schließlich, stockte aber nach wenigen Sätzen und wandte sich von mir ab, als erfordere plötzlich etwas anderes ihre Aufmerksamkeit. Als ich sie dann bat, weiterzuerzählen, sagte sie: »Nicht jetzt, Klaus«, und nach einem tiefen Seufzer: »Ich kann nicht.«

Ich hätte sie nicht bitten sollen, das spürte ich.

Um ihr eine Freude zu bereiten, beschloss ich, Speckbirnen zu sammeln. Der Eintopf »Birnen, Bohnen und Speck« schmeckte ihr besonders gut. Bohnen wuchsen in unserem kleinen Vorgarten und Speck könnte sie vielleicht besorgen.

Hans Schulzke, ein Junge, der mit seiner Großmutter schräg gegenüber wohnte, schloss sich mir an. Er stammte aus Hamburg und war etwa zwei Jahre älter als ich. Wir besuchten dieselbe Schule. Ich war froh, dass ich nicht alleine gehen musste. Es war herbstlich kühl und windstill, als wir am Samstagnachmittag losmarschierten.

Die Chaussee zog sich durch die platte Marsch, vorbei am Kreiskrankenhaus mit seiner weiten Parkanlage und an reetgedeckten Bauernhäusern. Auf beiden Seiten der Straße wuchsen Kohl und Rüben auf den Feldern. Hier und da sahen wir Landarbeiter. Bisweilen hörten wir das Motorengeräusch eines Traktors. Es dauerte länger als wir dachten, bis wir unser Ziel erreichten.

Auf einem ausgedienten Deich stand eine Reihe Birnbäume. Aus dem feuchten Gras sammelten wir die Früchte auf, befreiten sie von Gräsern, Erdkrumen und Schnecken, die wir auf den Boden schnippten. Als mein Tragenetz voll war, lümmelte ich mich auf die Wiese, nahm mir eine Birne, säuberte sie am Hemdsärmel und biss hinein. Sie war reif und saftig.

»Eine Biene hat mich gestochen«, rief Hans, der sich ebenfalls hingesetzt hatte. Ich sprang auf und lief zu ihm. Er zeigte auf einen winzigen, dunklen Punkt in seinem Nacken. Ich klemmte den Stachel zwischen die Nägel von Daumen und Mittelfinger und entfernte ihn, umschloss die Stelle mit meinen Lippen und begann das Gift auszusaugen. Seine Haut schmeckte salzig.

»Fester«, sagte er.

Ich sog, bis ich nicht mehr konnte, schluckte und schnappte nach Luft.

Hans blickte hoch. »Nicht runterschlucken, Klaus. Spinnst du? Ausspucken! Spuck's aus!«

»Ja, ist ja gut.« Mich ärgerte sein bestimmender Ton.

»Was ist das?« Jetzt klang Hans ängstlich.

In der Ferne hörte ich leises Surren, das rasch lauter wurde und sich einen Augenblick später in ein schmerzhaftes Dröhnen verwandelte. Hans' Augen waren weit aufgerissen, die Hände hielt er gegen die Ohren gepresst. Ein tieffliegender Bomber überflog uns. Hans zitterte, als durchliefe ein Stromschlag seinen knochigen, strichdünnen Körper. Blut kam aus seiner Nase und rann als dünner Faden über den Mund hinunter zum Kinn, fiel, wie bei einem undichten Wasserhahn, Tropfen für Tropfen auf seinen Pullunder. Er kniff die Augen zu und begann den Oberkörper vor- und zurückzubewegen, immer wieder vor und zurück, wie das schwere Pendel einer Standuhr. Das Geräusch wurde allmählich leiser, verstummte schließlich. Hans hielt den Oberkörper nun ruhig, die Nase hörte auf zu bluten. Eine Armlänge von ihm entfernt schlich eine Katze durchs Gras. Eine Meise zwitscherte aufgeregt. Ob Hans sie hörte? Noch wirkte er unsicher, öffnete aber die Augen und sah kurz zu dem Vogel hoch, bevor er in die Richtung blickte, in der das Fluggeräusch verhallt war. In der Ferne war der Bomber nur noch als kleiner dunkler Punkt am wolkenlosen Himmel sichtbar, bevor er kurz darauf hinter dem Horizont verschwand.

»Engländer«, sagte Hans im Ton des Älteren. Er zog das Hemd aus der Trainingshose, bespuckte einen Zipfel und wischte sich das Blut aus dem Gesicht. Er griff nach seinem Netz, stand auf und stiefelte los. Ich nahm meins ebenfalls auf und ging ihm nach. Unterwegs zogen Arbeitspferde ein mit Strohballen beladenes Fuhrwerk in entgegenkommender Richtung an uns vorbei. Ihre Hufe klapperten rhythmisch, eisenbereifte Holzräder ratterten über das Kopfsteinpflaster.

Inzwischen war es warm geworden. Noch lag eine gute Strecke vor uns. Der Abstand zwischen Hans und mir vergrößerte sich. Vom Tragen schmerzten mir Schultern und Arme, meine Füße schwitzten in den Gummistiefeln.

»Hans, ich brauch eine Pause.«

Er blieb stehen und setzte sich auf ein Grasbüschel an

den Straßenrand. Ich ging zu ihm und schüttelte mir die Stiefel von den Füßen.

Hans streckte mir sein Bein entgegen.

»Komm, hilf mir!«

Ich nahm den Stiefel in beide Hände und zog.

»Zieh!«

Ich lehnte mich weit nach hinten zurück und zog fester. Der Stiefel löste sich ruckartig. Ich landete auf dem Hintern, stand aber sofort wieder auf.

»Hast du dir weh getan?« Hans klang besorgt.

»Halb so schlimm.« Ich lachte verlegen.

Hans zog sich den anderen Stiefel selbst aus.

Die Luft kühlte meine Füße. Wir aßen jeder eine weitere Birne. Plötzlich änderte sich das Wetter: Dunkle Wolken zogen auf, es wurde windig.

»Wir müssen«, sagte Hans.

Es begann zu regnen. Wieder hörten wir Hufe-Geklapper und das ratternde Geräusch. Das Fuhrwerk kam zurück.

»Hängen wir uns hinten dran?«, fragte Hans.

Ich nickte. Das Fuhrwerk näherte sich. Wir hörten die Pferde schnaufen.

Ob ich bereit sei?

Ich nickte wieder, konzentrierte mich. Als sich das Gespann auf unserer Höhe befand, liefen wir los, schwangen unsere Netze auf die leere Ladefläche und hängten uns hinten an die Bordwand.

Hans grinste. »Geht schneller, oder?«

»Klar«, sagte ich, erleichtert, dass ich im richtigen Moment gestartet war.

Das Fuhrwerk fuhr in Richtung unseres Ortes, überquerte bald die Brücke über den schmalen Fluss Rhin.

Wenig später erreichten wir die Steinburgstraße. Zwischen einem Krankenhaus mit Leichenhalle und einem Friedhof befand sich unser Barackenlager. Hier wohnten wir zusammen mit vielen anderen Kindern, Erwachsenen und alten Menschen. Ich griff nach meinem Netz und setzte die Füße auf die Straße. Einmal hatte ich mir Knie und Hände bei einer ähnlichen Aktion aufgeschürft, diesmal passte ich auf. Ich lief sofort los und hielt das Tempo des Fuhrwerks noch für ein paar Meter, bevor ich stehenblieb.

Hans warf mir einen anerkennenden Blick zu, der mich freute. Vor der Unterkunft von Mutter und mir trennten wir uns. Ich sah Hans noch nach. Er hatte die Haustür fast erreicht, da wurde sie von innen geöffnet. Oma Schulzke kam heraus und schlug mit einem länglichen Gegenstand auf ihn ein. Ich hörte ihre schnarrende Stimme: »Wo hast du gesteckt, du Armleuchter, du verdammtes Aas?«

Für einen kurzen Moment, bevor Hans unter den Schlägen hindurchschlüpfte und in der Unterkunft verschwand, trafen sich unsere Blicke. Ich sah, dass er sich schämte.

# 2

Bestimmt würde Mutter sich über die Birnen freuen. Mit diesem Gedanken öffnete ich die Tür. Mir schlug ein warmer Dunst entgegen. Es roch nach Kümmel, einem Gewürz, das ich nicht mochte, das aber für Mutter in eine Brotsuppe gehörte. Sie saß am Tisch, die Arme aufgestützt, das Gesicht hinter ihren Händen verborgen. Vor ihr lag ein Schreiben, daneben ein Kuvert. Sie bewegte sich nicht. Hatte sie meine Schritte nicht gehört? Ich setzte das Netz auf dem Boden ab. Mutter trocknete sich mit einem Taschentuch die Augen und wandte sich mir zu.

»Komm her, Klaus.«

Ich ging zu ihr. Sie umarmte mich fester und länger als sonst. Ihre Strickjacke roch nach Fisch.

»Wo hast du gesteckt?«

Ich wollte antworten, doch ich kam nicht dazu. Mutter ergriff mich bei den Schultern und sah mir in die Augen. Ihre Lider waren gerötet.

»Es ist etwas Schlimmes passiert – etwas sehr Schlimmes.«

Ich überlegte, was passiert sein könnte. Kürzlich hatte ich Mutter nachts leise weinen gehört. Am nächsten Morgen war ein Foto von Vater auf ihrem Bett gelegen.

»Mit Papa?«

»Ja, mein Junge, mit Papa. Er kommt nicht mehr zurück. Nie mehr.«

Ich starrte sie an und wusste nicht, was ich sagen sollte. Wenn Vater nicht zurückkäme, was würde sich ändern? Nichts! Ich hatte ihn nie getroffen. Zwar hatte Mutter manchmal von ihm gesprochen, mir auch mal das Foto gezeigt. Darauf hatte ich einen Mann mit offenem Blick gesehen, mit hoher Stirn und dunklem Haar. Eine Strähne bedeckte einen Teil seiner rechten Braue. Er trug ein helles Hemd, die Hose hielten Träger. Mutter hatte mich auf die große Ähnlichkeit zwischen ihm und mir hingewiesen. Besonders euer Blick, meinte sie.

Aber ich hatte ihn nie lachen gehört, er hatte mir nie eine Geschichte erzählt, nie meine Hand gedrückt, mich weder gestreichelt, noch getröstet oder ins Bett gebracht. Dennoch hatte ich mir einen Vater ausgemalt, der stark und klug war, der mich vor den einheimischen Jungen beschützte und mit mir sonntags ins Kino ging.

Mutter schnäuzte sich und zeigte auf das Netz. Sie staunte über die vielen Birnen und lobte mich. Dann stellte sie die Frage, die ich befürchtete.

»Warst du allein?«

Ich druckste.

Mutter mochte es nicht, wenn ich mit Hans zusammen war. Sie habe gehört, dass er schwer erziehbar sei. Ich kannte Hans noch nicht lange, mochte ihn aber. Vielleicht, weil er älter war. Vielleicht, weil er keinen Vater mehr hatte.

»Mit wem?«

Ich schwieg.

»Mit Hans?«

Ich nickte schuldbewusst.

»Du weißt, wie ich darüber denke.«

»Ja«, sagte ich leise.

»Ich habe dich nicht verstanden.«

»Ja, Mama, ich weiß.«

Vater starb in russischer Gefangenschaft. Insgeheim, tief in meiner Kinderseele, hatte ich nie daran gezweifelt, dass er eines Tages vor der Tür stehen und sagen würde: Da bin ich. Wie geht's dir, Klaus? Magst du eine Geschichte hören? Aber nun, da ich wusste, der Vater würde niemals vor der Tür stehen, mich nie nach meinen Wünschen fragen, mich nie beschützen, sehnte ich mich nach ihm. Als ich am Sonntagmorgen allein zuhause war, weil Mutter in der Gemeinschafts-Waschküche des Barackenlagers wusch, suchte ich nach dem Foto von ihm. Ich fand es in der Schublade von Mutters Schränkchen unter Briefen und betrachtete es. Ein kleines, verblichenes, abgegriffenes Schwarz-Weiß-Foto. Vater sah mir direkt in die Augen. Sein Blick schien mich aufmuntern zu wollen. Ich fühlte mich, als trüge ich eine Schlinge um den Hals, die sich immer mehr zuziehen würde, und begann zu weinen. Zum ersten Mal trauerte ich, trauerte still um einen Vater, den ich niemals lebend sehen, niemals kennenlernen würde.

# 3

Ein paar Tage später wurde Hans mein Freund.

Mutter putzte neben ihrer Arbeit in der Heringsfischerei bei einem pensionierten Lehrer zwei Mal pro Woche die Wohnung. An einem dieser Tage beauftragte sie mich, einen Liter Vollmilch und für fünfzig Pfennig Wurstenden zu kaufen.

Milchmann und Schlachter befanden sich in derselben Straße, nicht weit von uns entfernt. Die Milch war schnell besorgt. Die Verkäuferin stellte meine Kanne unter den Hahn und drückte den Pumpenschwengel nach unten. Ein satter Milchstrahl füllte die Kanne. Ein paar Meter weiter befand sich der Schlachter. Die kräftige Schlachterfrau wog die Wurstenden ab, legte noch zwei hinzu und wickelte sie in Papier ein. Sie setzte eine fröhliche Miene auf, zwinkerte mir zu und reichte mir eine Scheibe Wurst, die ich mir sogleich in den Mund steckte.

Mein Rückweg führte am Festungsgraben entlang, der die Stadt einst vor Feinden schützte, in eine Straße mit Einfamilienhäusern auf der linken und einer Zeile Mietwohnungen auf der rechten Seite, die bis zum Ende der Straße reichte. Alles mit kastanienrotem Klinker gebaut. Auf halber Strecke stellte ich die Kanne mit Milch auf dem Gehweg ab und entnahm dem Packen Wurstenden einen Zipfel Jagdwurst, meiner Lieblingswurst. Ich biss ein Stück davon ab und kaute genüsslich, als jemand rief.

»He, du!«

Ich wandte mich um. Ein Junge, älter als ich, mit einer Miene, die Böses versprach, kam auf mich zu.

»Hau ab hier!«

Ich zögerte. Er war nur noch wenige Meter entfernt.

»Hast du nicht gehört, Polack?«

Ich nahm die Kanne wieder auf, drückte mir den Packen Wurst gegen die Brust und beeilte mich. Warum ich stolperte, weiß ich nicht. Ich hatte mich nach dem Jungen umgesehen, dabei muss ich einen Stein oder Stock übersehen haben. Jedenfalls fiel ich hin. Milch lief aus und Wurstenden kullerten über den Fußweg auf die Straße. Der Junge lachte boshaft. Ich ergriff die halbleere Kanne, sammelte die Wurstenden auf und lief weiter Richtung Lager.

»Lass dich ja nicht wieder hier blicken«, rief er mir nach.

Hans, der einen Ball gegen die hölzerne Barackenwand kickte, sah mich kommen. Er unterbrach sein Spiel und kam mir entgegen. Hatte er gemerkt, dass mit mir etwas nicht stimmte?

»Wie siehst du denn aus?« Er betrachtete die aufgeschürften Stellen an meinen Knien. »Was ist passiert?«

Ich erzählte es ihm.

»Bring dein Zeug rein und komm.«

Was hatte er vor? Ich beeilte mich.

Als ich zurückkam, sagte er: »Du gehst den gleichen Weg noch einmal. Aber ich gehe voraus, tue so, als ob wir uns nicht kennen würden. Und du folgst mir mit Abstand.«

Jetzt ahnte ich, was er vorhatte. Ich nickte und wartete, während Hans Richtung Seidelstraße ging. Ich zählte leise bis zwanzig, dann ging ich ihm nach.

Auf halber Höhe der Seidelstraße stürzte der Junge aus einer Tür der Häuserzeile und verstellte mir den Weg. »Habe ich dir nicht gesagt, dass du dich hier nicht mehr blicken lassen sollst?«

»Ja«, sagte ich.

»Und?« Er hielt mir seine Faust vors Gesicht.

Da packte Hans ihn von hinten an der Schulter, riss ihn herum, ohrfeigte ihn links und rechts, drehte ihn wieder um und trat ihm in den Hintern.

»Fass meinen Freund nie wieder an!«

Der Junge verschwand in dem Hauseingang, aus dem er gekommen war. Kurz darauf öffnete sich im ersten Stock ein Fenster. Wieder der Junge.

»Das bekommt ihr zurück, ihr Polacken, ihr Barackenschweine!«

Ich wollte etwas zurückrufen und suchte nach einem geeigneten Ausdruck.

Hans bremste mich. »Lass ihn, der hat sie nicht mehr alle.« Dann trillerte er wie ein Vogel, lief los, schlug ein Rad, nahm den Schwung mit und sprang einen Flickflack.

# 4

Das Weihnachtsfest 1951 und Silvester verliefen wie im Jahr zuvor, wieder ohne Vater. Und doch war diesmal alles anders. Mutter war erstmals ohne Hoffnung, ihn eines Tages wiederzusehen. Und ich würde meinen Vater nie kennenlernen. Wir waren bedrückt und traurig. Es war eine trostlose Zeit. Hinzu kamen die kurzen, dunklen Tage. Erst als die Vögel zurückkehrten und den Frühling eifrig verkündeten, die Tulpen, Osterglocken und Krokusse zu blühen begannen, verlor sich allmählich die Traurigkeit in Mutters Blick.

Die Osterferien waren zu Ende. Montagmorgen begann das neue Schuljahr. Wie an jedem Wochenende badete ich. Mutter füllte heißes Wasser in die Zinkwanne. Sie seifte mir den Rücken ein, danach wusch ich mich allein weiter.

Ob ich mich auf die Schule freue, fragte sie, als ich meine Sachen zum Schlafen angezogen hatte, und sah mich aufmerksam an.

»Ja, schon«, sagte ich und dachte an Hans. Ihm gefiel die Schule offenbar nicht. Als ich ihn kürzlich fragte, ob er gerne in die Schule gehe, quasselte er, anstatt zu antworten, von einem Versteck im Stadtpark, das er mir gelegentlich zeigen wolle.

Mutters Sorgen um meine Zeugnisse waren in den ersten Jahren berechtigt gewesen. Ich war schüchtern und still. Ab der dritten Klasse jedoch hatte ich mich am Unterricht mehr beteiligt und auch in den schriftlichen Arbeiten ordentliche Noten bekommen. Religion mochte ich. Die Geschichten über Jesus gefielen mir, auch wenn sie mir nicht alle glaubhaft erschienen. Zum Beispiel, als Jesus über das Wasser ging und einen Sturm beruhigte. Ich las flüssig, aber schrieb nicht schön, und so manche Seite meiner Hefte war mit Tinte bekleckst.

Im Bett las ich noch eine Weile, betete für Mama und mich und schlief bald ein.

Mein Schulweg führte durch den weitläufigen Stadtpark, der die Form eines Herzens hat und in der Mitte durch eine Straße geteilt ist. Sonnenlicht schien durch die Äste und Zweige der Bäume. Vögel zwitscherten und flöteten. Im Teich schnatterten die Enten und schneeweiße Schwäne tunkten ihre Köpfe wieder und wieder tief ins Wasser.

Am Bahnsteig warteten eine Menge Leute auf ihre Züge, die in Richtung Hamburg oder Husum fuhren.

In der Hauptgeschäftsstraße zeigten die Auslagen in den Schaufenstern, was es zu kaufen gab. Lebensmittel, Zeitungen, Tabakwaren, auch Haushaltswaren wie Geschirr und Besteck wurden angeboten. Im Fenster der Bäckerei Knust starrten mich goldfarbene, mandelbestreute Bienenstiche an. Ich blieb stehen, starrte eine Weile zurück. Um halb acht begann der Unterricht. Ich riss mich los. Am Marktplatz leuchtete die weißgetünchte Stadt-Kirche im Sonnenlicht. Ich blickte zur Uhr hoch. Es war kurz vor halb. Und die lange Königstraße lag noch vor mir. Ich legte einen Zahn zu.

In unserer Baracke wohnte Frau Dittmer mit ihrer Tochter Veronika, die mit ihren langen, goldblonden Haaren so aussah, wie ich mir eine Fee vorstellte. Wenn wir uns sahen, winkte sie mir. Es war nicht mehr weit zur Schule, als Veronika meinen Namen rief. Ich drehte mich um und sah sie fröhlich auf mich zu hüpfen. Der Saum ihres farbigen

Kleides hob und senkte sich im Rhythmus ihrer Sprünge. Sie lachte.

»Freust du dich auf die Schule?«, fragte sie.

»Ja, schon.«

»In welche Klasse kommst du jetzt?«

»In die fünfte.«

»Ich komme in die vierte«, sagte sie und lachte.

Für einen kurzen Moment trafen sich unsere Blicke. Ihre Augen funkelten wie Glassplitter in der Sonne. Wieder lachte sie. Sie hielt mit mir Schritt. Als wir die Schule erreichten, trennten wir uns. Unsere Klassenräume befanden sich in verschiedenen Gebäuden. »Tschüss, Klaus!«, rief sie mir noch über den Pausenhof hinweg zu, bevor sie in ihrem Gebäude verschwand.

Es ging laut zu an diesem Morgen. Hier ein Hallo, da ein Hallo. Wir waren fast fünfzig Jungen in unserer Klasse. Einheimische Kinder saßen vorne, Flüchtlingskinder hinten. Neben mir saß Egon, ein vorlauter Junge aus dem Flüchtlingslager der Ballhausstraße, das Kittchen-Hof genannt wurde, weil es sich um ein ehemaliges Gefängnis handelte.

Unser Lehrer, Herr Mantei, hatte gewelltes, silbriges Haar, freundlich blickende, wasserblaue Augen, buschige Brauen und eine niedrige Stirn. Er war gerecht und schlug uns nicht, weder mit dem Stock noch mit der Hand. Nur wenn man überhaupt nicht hören wollte, immer weiter mit seinem Sitznachbarn quasselte, gab es einen Klaps an den Hinterkopf. Seinen Vornamen, Otto, konnte man von vorne wie von hinten lesen, wie Anna oder Hannah. Und da ich spürte, dass Herr Mantei mich mochte, nannte ich ihn für mich schon länger heimlich Otto.

Otto begrüßte uns, fragte ein paar Jungen, wie ihre Ferien gewesen seien, hörte sich alles geduldig an und erzählte dann, wie er sie verbracht hatte. Aus einem Tagesausflug mit einem Ruderboot auf der Elbe und einem Picknick am Strand von Brokdorf, das von unserem Ort etwa zehn Kilometer weiter stromabwärts liegt, spann er eine unterhaltsame Geschichte. Wir kannten das von ihm. Am letzten Schultag vor den Ferien und am ersten Schultag danach erzählte Otto uns eine Unterrichtsstunde lang Geschichten.

Während ich lauschte, war ich plötzlich gedanklich bei meinem Vater. Ich sah ihn am Strand stehen und seine Arme ausbreiten. Hörte wie er rief: »Da kommt ja mein Großer.« Ich lief auf ihn zu. Er hob mich hoch, drehte sich mit mir im Kreis, ergriff mich an Arm und Bein und ließ mich mal höher und mal tiefer über den Sand fliegen. Er ahmte mit dem Mund das Motorengeräusch eines Flugzeugs nach, indem er den Atem durch die geschlossenen Lippen presste, bis sie vibrierten. Ich jauchzte, lachte, konnte gar nicht genug davon kriegen. Sobald Vater sich langsamer drehte, rief ich: »Bitte, Papa, nochmal, bitte, noch einmal.« Und Papa machte weiter, immer weiter, bis seine Kräfte erlahmten, bis er wie tot zu Boden sank.

# 5

Mutter musste früh zur Arbeit. Am Hafen putzte sie Heringe, salzte sie ein und legte sie in Fässer. Ich stand nach ihr auf und war an dem Morgen noch müde und nicht ganz bei der Sache. Ich dachte an Vater, den ich nicht mehr hatte, an Otto, den ich verehrte, an meinen Freund Hans, den ich mochte. Es dauerte länger als sonst, bis ich alles für die Schule zusammengepackt hatte.

Weil Markttag war, ging ich an den Ständen vorbei. Gemüse wie Kohl und Mohrrüben, Rüben, Sellerie und Kartoffeln wurden angeboten. Die Luft war frisch und roch würzig. Ich setzte meinen Bin-noch-hungrig-Blick auf und wartete, bis mich der Riese von Bauer mit dem wettergegerbten Gesicht und den verwuschelten Haaren bemerkte und mir eine Mohrrübe reichte: »Hier min Jung.«

Erst jetzt blickte ich zur Kirchenuhr. Jeden Moment würde sie halb acht schlagen. Ich rannte die Königstraße entlang. Die Schulglocke läutete schon, der Unterricht begann. Ich lief quer über den Schulplatz auf die uralte Eiche zu, die wie ein gewaltiger Wächter in der Mitte des Pausenhofs stand. Ich würde zu spät kommen, mich entschuldigen müssen. Was sollte ich sagen? Ich stolperte und während ich fiel, sah ich, wie jemand sein Bein hinter den Stamm der Eiche zurückzog. Ich schlug der Länge nach hin und rutschte über den Kies. Der lange Heiner, der auch andere Flüchtlingskinder piesackte, sah auf mich herab und grinste.

Meine Knie und Hände schmerzten. Ich unterdrückte Tränen. Währenddessen wuchs mein Zorn und mit ihm der Mut. Ich sprang auf und schlug mit der Faust zu. Heiners Nase begann zu bluten. Wütend legte er seinen Arm um meinen Hals und nahm mich in den Schwitzkasten.

In dem Moment erschien Otto und rief uns zur Ordnung. Sofort gab mich der lange Heiner frei, errötete, zeigte auf mich und sagte: »Der hat angefangen.«

Dass er log, war nicht das Schlimmste. Otto blickte mich an, als wäre er von mir enttäuscht. Er glaubte dem langen Heiner, das war das Schlimmste. Gerne hätte ich es geklärt. Aber er fragte mich nicht, sagte nur, dass es ihm reiche, wandte sich um und ging. Ich wollte ihm hinterherrufen, aber ich brachte keinen Ton heraus. Und nach dem Unterricht traute ich mich nicht mehr, Otto darauf anzusprechen. Das beschäftigte mich. Aber ich erzählte weder Mutter noch Hans davon.

# 6

In diesen Tagen stromerten Hans und ich nachmittags zusammen herum und suchten in der Umgebung verkaufbares Zeug wie Alteisen, Milchdosen und Pappe. Alle paar Wochen hielt ein Schrottsammler in unserer Straße, bimmelte mit seiner Glocke und rief: »Lumpen, Eisen, Silber und Papier, ausgeschlagene Zähne und Knochen sammeln wir.« Hans und ich brachten, was wir gefunden hatten, zu ihm. Ein paar Groschen gab es immer. Von dem Geld gingen wir sonntags ins Kino. Da tauchte ich in eine Welt ein, die ich nicht kannte. Ich war jedes Mal traurig, wenn der Film aus war und ich wieder draußen und mich das, was ich sah, in die Wirklichkeit zurückwarf.

An einem Sonntag zeigte das Kino am Marktplatz, Stadttheater-Lichtspiele, den Film Tarzan und sein Sohn, und ich hatte kein Geld, weil der Schrotthändler noch nicht gekommen war. Ich traf Hans am Wäscheplatz und erklärte ihm meine Not. Hans legte seinen Kopf schräg, eine Gewohnheit, die ihm beim Nachdenken zu helfen schien.

»Wir gehen trotzdem«, sagte er. »Du wartest im Kino im Klo. Setzt dich einfach auf die Schüssel. Ich kaufe eine Eintrittskarte und gehe rein. Werde wohl jemand kennen, der mir seine Karte gibt. Ich komme also mit zwei Karten zum Klo und steck dir eine zu. Kapierst du, wie's läuft?«

»Ja, kapiert. Aber was ist, wenn sie mich erwischen?«

»Keine Bange, die können sich nicht alle Gesichter merken.«

Wir gingen zum Marktplatz und stiegen die Treppe

hoch zum Kino. Vor der Kasse standen bereits viele Kinder Schlange. Hans stellte sich hinten an. Ich ging an den Kindern vorbei zum Klo, verriegelte die Tür und setzte mich auf die Brille. Ich verhielt mich ruhig und wartete. Hin und wieder klopfte jemand an die Tür. Ich schwieg, rührte mich nicht.

Endlich. »Wo steckst du?«, flüsterte Hans.

Ich machte mich bemerkbar.

Mit dem Fuß schob Hans mir eine abgerissene Eintrittskarte unter der Klotür durch. »Hier«, flüsterte er. »Es sind zwei Kontrolleure. Uwe Groth ist dabei.«

»Uwe Groth?« Ich sorgte mich. Sollte Uwe unsere List durchschauen, würde es sich im Lager bestimmt herumsprechen. Auch Mutter könnte davon erfahren.

Hans schien meine Gedanken zu lesen. »Ja, Uwe Groth, aber das Kino ist proppenvoll. Bei so vielen Kindern können die beiden sich nicht merken, wer schon drinnen war und wer wen kontrolliert hat. Aber vorsichtshalber gehst du besser nicht zu Uwe. Ich gehe wieder rein. Du kommst etwas später nach. Tust so, als wärst du schon im Saal gewesen. Ich sitze rechts in der elften Reihe, und halte dir einen Platz frei.«

»Gut«, sagte ich. Die Eintrittskarten waren den Plätzen nicht zugeordnet, das wussten wir.

Bei Uwe waren Hans und ich vor ein paar Wochen gewesen. Der hatte Zettel im Lager verteilt: Kinovorführung, Fix und Foxi, Sonntagnachmittag 15:00. Bei Uwe Groth, Steinburgstraße 31. Eintritt 2 Pfennig. Der Raum war abgedunkelt gewesen. Viele Kinder kamen, setzten sich im Halbkreis auf den Fußboden, die kleineren vorne, die größeren hinten. Vor uns stand ein Stuhl, darauf eine senkrecht gestellte Zigarrenkiste mit einer rechteckigen Öffnung im Boden. Darin war das erste Bild von Fix und Foxi zu sehen, von der Rückseite erhellt durch das Licht einer Taschenlampe. Uwe, der einen Regisseur mimte, drehte mit wichtiger Miene gleichmäßig eine Kurbel. Zu einem Streifen aneinandergeklebte Bilder zogen an der Öffnung vorbei. Fix und Foxi bewegten sich, fast wie in einem richtigen Film. Uwe sprach den Text dazu. Die Vorführung dauerte eine Viertelstunde. Es war keine starke Geschichte, aber wir waren trotzdem voll dabei, hörten Uwe gerne zu. Lachten, steckten uns gegenseitig damit an und konnten am Ende nicht mehr aufhören zu lachen.

Ich zählte stumm bis hundert und verließ die Toilette. Viele Kinder warteten im Vorraum noch auf Einlass. Uwe stand mit dem Rücken zu mir. Ich spürte Herzklopfen, hörte mich atmen. Ich steuerte auf den anderen Jungen zu. Als der die schon kontrollierte Karte in meiner Hand betrachtete und mir ins Gesicht sah, dachte ich schon, er hätte mich ertappt. Doch er sagte nur, »die haben wir schon gesehen, viel Spaß«, und wandte sich einem anderen Kind zu.

Ich erreichte die Eingangstür. In dem Moment hörte ich Uwes Stimme: »Das hätte ich mir denken können.«

Ich erschrak.

»Wo Hans ist, bist auch du. Alles klar bei dir, Klaus?«

»Ja, schon«, erwiderte ich, ohne stehenzubleiben. »Und bei dir?«

»Wir sind ausverkauft«, sagte Uwe selbstbewusst.

Ich öffnete den geteilten Türvorhang und trat in den dunkler werdenden Kinosaal. Die Fox tönende Wochenschau begann. Sie berichtete von der Flucht der Menschen von Ost- nach West-Berlin. Ich hielt mich im Gang rechts und ging langsam nach vorn, während ich die Reihen zählte. Bei Reihe elf hörte ich Hans flüstern: »Hier, Klaus.« Ich drückte mich an einigen Knien vorbei und setzte mich neben Hans. Er berührte meinen Arm. Was wohl bedeuten sollte: Hat doch gut geklappt.

Dass dieser Tarzan-Film zum Besten gehörte, was wir bisher gesehen hatten, davon waren Hans und ich überzeugt. Auf dem Nachhauseweg gingen wir den ganzen Film noch einmal durch. Unterbrachen uns gegenseitig, jeder wollte seinen Einfall sofort loswerden. Begannen wir gleichzeitig zu erzählen, lachten wir. Wir hörten nichts, achteten auf nichts, quatschten, bis wir das Lager erreichten. Ich sah Hans wieder nach. Als hätte er darauf gewartet, wandte er sich um und hob zum Abschied den Arm. In dem Moment wurde die Tür geöffnet. Wieder hörte ich Oma Schulzke mit Hans schimpfen.

Mitte Juni kündete Otto den einmal im Jahr und immer vor den Sommerferien stattfindenden Wandertag an. »Wir treffen uns morgen früh um acht Uhr an der Hafenschleuse.« Sofort brach Jubel aus.

Seit der Prügelei mit Heiner war ich Otto gegenüber verunsichert. Die Wanderung lenkte mich davon ab. Das Wetter spielte mit, kaum Wolken am Himmel und aus Nordwest wehte ein leichter Wind. Wir gingen auf dem Deich flussabwärts. Auf dem Vorland grasten rot- und schwarzweißgescheckte Kühe. Kiebitze riefen: Kijuwit, kijuwit. Weiter draußen floss die Elbe zur Nordsee. Ein Frachtschiff fuhr Richtung Hamburg. Rechts von uns verlief die Landstraße. Dahinter, reetgedeckte Bauernhäuser und weite Felder mit Kohl, Rüben und Kartoffeln bepflanzt.

Otto schritt voraneweg. Wir folgten ihm wie die Küken der Glucke, quasselten fröhlich drauflos oder sangen Das Wandern ist des Müllers Lust. Am besten gefiel mir der Refrain, den wir nach jeder Strophe anstatt einmal, gleich zweimal sangen. Das Singen gab mir ein Gefühl von Zusammengehörigkeit und Freundschaft.

Wir wanderten zu der Stelle, an der die Stör in die Elbe fließt und weiter an der Stör entlang bis zu unserem Rastplatz, den Garten der Gaststätte Kühl. Ich schüttelte meine Gummistiefel von den Füßen, krempelte die Hemdsärmel hoch und legte mich in den Schatten einer Kastanie auf die Wiese. Ich aß einen meiner zwei Äpfel und trank Leitungswasser, in das ich Brausepulver aufgelöst hatte. Ich fühlte mich wohl.

Das änderte sich jedoch, als Otto sich mir gegenüber ins Gras setzte. Mir wurde unbehaglich zumute. Ich traute mich nicht, ihn anzusehen. Er streckte seinen Arm nach mir aus. Seine Hand hielt die Hälfte einer Klappstulle.

»Magst du?«, fragte er in einem Ton, als ahnte er, dass ich noch hungrig war. Ich nahm sie, bedankte mich und reichte ihm meinen übrigen Apfel.

»Oh, ein Cox Orange.« Er lächelte.

Ich aß von dem mit Butter bestrichenen und Salami belegten Brot und sah zu, wie Otto in den Apfel biss. Er lobte den Geschmack und zwinkerte mir zu. Ich verschlang beherzt den Rest der Stulle.

In der Nacht träumte ich von Hans. Wir wanderten zusammen Hand in Hand und sangen immer wieder den Refrain von ›Das Wandern ist des Müllers Lust‹.

Während der Sommerferien folgte ein Tiefdruckgebiet aufs andere. Dunkle Wolken zogen aus Nordwesten über die Elbe heran und entluden ihre nasse Fracht über unseren Ort. Trotzdem badeten Hans und ich viele Male in der Elbe, übten Weittauchen und liefen auf dem Strand um die Wette. Hans war schneller als ich, kraulte im Stil des Tarzan-Darstellers Johnny Weissmüller und trug sein blondes Haar wie er, stets lang und locker nach hinten gekämmt, vorne eine kleine Haartolle, mit Zuckerwasser gehalten. Auch war Hans genauso klug, mutig und kräftig wie er. Ich begann ihn daher Johnny zu nennen. Hans errötete, als ich es das erste Mal tat und versuchte, seine Freude darüber zu verbergen, indem er sich umwandte. Also blieb ich dabei. Der Name Johnny passte einfach besser zu ihm als Hans.

In den kommenden Tagen würde der Schrottsammler wieder im Lager aufkreuzen. Johnny und ich suchten die Umgebung des Lagers nach Konservendosen und Pappe ab. Das gefundene Zeug brachten wir in unseren Stall. Danach waren wir hungrig.

Johnny hielt für eine kurze Weile den Kopf schräg. »Müllers Mirabellen«, sagte er, als handelte es sich um einen außergewöhnlichen Genuss. Er fuhr sich mit der Zunge über die Lippen.

Wir begaben uns zu Müllers Unterkunft. Der Baum stand direkt vor ihrem Fenster. Wir gingen in die Hocke und schlichen uns hinter der niedrigen Hagebuttenhecke an, die den kleinen Vorgarten umschloss. Wir legten uns auf den Erdboden und robbten auf den Durchgang zu.

»Jetzt«, sagte Johnny.

Wir waren schnell. Er beugte sich nach unten, steckte seinen Kopf durch meine gespreizten Beine und richtete sich auf. Ich pflückte mit beiden Händen und ließ Mirabelle für Mirabelle in meinem Hemd verschwinden. Doch keine zwei Minuten waren vergangen, als Johnny flüsterte: »Die Gardine hat sich bewegt.«

Er beugte seinen Rücken und ich rutschte über seinen Nacken zurück auf den Boden. Da öffnete der alte Müller auch schon die Tür. Wir rannten los, über den Wäscheplatz zur Baracke mit den Ställen. Der alte Müller hinter uns her. Seine Frau folgte ihm.

»Verdammte Lorbasse!«, rief der alte Müller.

In der Hoffnung, die Müllers würden die Verfolgung beenden, liefen wir um die Baracke herum und blieben auf ihrer Hinterseite stehen, verhielten uns ruhig, warteten ab. Doch der alte Müller kam von links und seine Frau von rechts. Jeder Fluchtweg war versperrt. Parallel zur Baracke, also direkt vor uns, begrenzte ein Graben den Friedhof. Für mich zu breit, für Johnny nicht. Er blickte hoch zum Dach, dann zu mir. »Schnell, ich helfe dir!«

Er verschränkte die Finger ineinander und formte seine Hände zu einer Räuberleiter. Ich stellte einen Fuß hinein, stützte mich mit einer Hand an der Barackenwand ab, kletterte auf seine Schultern und zog mich hoch aufs Dach. Bevor Müllers uns erreichen konnten, war ich oben und Johnny über den Graben gesprungen.

»Sehen uns im Versteck!«, rief Johnny und verschwand zwischen den Büschen und Bäumen des Friedhofs. Ich lief hinüber zur Vorderseite der Baracke, umfasste die Dachkante, ließ mich hinunterhängen und auf den mit Schlacke aufgefüllten Erdboden fallen. Ich rannte sofort los: quer durchs Lager, unsere Straße entlang, in den Stadtpark hinein.

Unter der Hängebuche traf ich Johnny. Wir kletterten in unsere Baumhöhle und setzten uns, jeder auf seine Astgabel. Hier teilten wir die Mirabellen zwischen uns auf und aßen.

»Schade, dass wir nicht mehr pflücken konnten«, sagte Johnny und steckte sich erneut eine in den Mund.

Ich stimmte ihm zu, denn sie schmeckten zuckersüß.

»Hoffentlich haben die Müllers sich nicht über uns bei deiner Mutter oder meiner Oma beklagt«, sagte Johnny.

Ein paar Mirabellen hatte ich noch, die wollte ich genießen und nicht an mögliche Folgen denken.

Als wir alle verdrückt hatten, verließen wir das Versteck und gingen zurück ins Lager.

Zuhause, ich hatte die Tür kaum geöffnet, gab mir Mutter eine schmerzhafte Ohrfeige. Sie schimpfte mit mir, sprach von Unrecht und Jugendamt. Ich musste mich bei den Müllers entschuldigen.

## 9

In der Winkelbaracke, die sich im südlichen Teil des Lagers befand, und so genannt wurde, weil sie von oben betrachtet einen rechten Winkel aufwies, wohnte ein Herr von Laufental. Egal, was er gerade tat, er beeilte sich immer, als hätte er noch Dringenderes zu erledigen, als verfolge er ein bestimmtes Ziel. Er hatte bessere Sachen an als die meisten Männer im Lager und trug stets einen Hut. Ohne große Mühe schob er eine mit Rüben vollgeladene Schubkarre. Manchmal traf ich ihn bei den Ställen. Jedes Mal fragte er mich, wie es mir gehe.

»Gut«, antwortete ich, mehr nie. Er war mir irgendwie nicht geheuer.

Ein dunkler Vorhang verdeckte eines seiner zwei Fenster von innen. Johnny und ich fragten uns, ob von Laufental etwas zu verheimlichen hätte? Warum sahen wir nie seine Frau? In der Abenddämmerung hatten wir uns ein paar Mal angeschlichen und an die Scheibe dieses Fensters geklopft, waren davongerannt und hatten uns hinter den Kopfweiden, die den Friedhof umschlossen, versteckt. Doch von Laufental war nie am Fenster erschienen.

Fast alle Bewohner des Lagers waren ohne Arbeit. Viele hatten nicht genug zu essen. Von Laufental hatte sich ein Schwein angeschafft, das im Stall von Bauer Hansen gehalten wurde, dessen Hof am südlichen Ende unserer Straße lag, am Fluss Rhin. Außerdem bestellte von Laufental ein kleines Feld mit Steckrüben. Einen Teil der Rüben verschenkte er an die ärmsten Familien mit den meisten Kindern. Die restlichen lagerte er in seinem Stall, der sich direkt neben unserem befand und nur durch eine Bretterwand abgeteilt war. Wenn ich für Mutter Holz oder Briketts holte, hörte ich ihn dort gelegentlich leise reden, als ob er sich mit jemandem unterhielte, obwohl niemand bei ihm war.

Wir klauten auch bei von Laufental. Johnny stellte sich in unserem Stall auf den Hauklotz, ergriff die obere Kante der Bretterwand, zog sich hoch und ließ sich in von Laufentals Stall auf den festen Lehmboden hinunterfallen.

»Aufgepasst!«

Kaum hatte er gerufen, flog auch schon die erste Steckrübe herüber. Eine zweite und dritte folgten.

»Das reicht, Johnny.«

Noch während ich das sagte, hörte ich ein mir bekanntes Quietschen.

»Mach schnell, von Laufental kommt.«

Eben war Johnny wieder in unseren Stall geplumpst, da wurde auch schon die Tür der Baracke geöffnet. Wir verhielten uns ruhig, horchten und spähten durch einen Spalt zwischen den Latten. Von Laufental näherte sich, öffnete das Schloss zu seinem Stall und schob die Karre hinein. Das Rad quietschte. Er brachte frische Rüben. Während er sie auslud, redete er wieder leise mit sich selbst.

Später, unter der Hängebuche, wo wir für solche Zwecke ein altes Küchenmesser aufbewahrten, schälten wir eine Rübe und aßen sie roh. Abends hatte ich Magenschmerzen. Mutter, die sich mehr und mehr um mich sorgte, befragte mich. Ich wollte nicht lügen. So erfuhr sie von dem Rübendiebstahl.

Sie ohrfeigte mich und schimpfte: »Was glaubst du eigentlich, was passiert, wenn du so weitermachst? Dann klopfen die Leute vom Jugendamt bald bei uns an die Tür.«

Ich solle einen Eimer Eicheln für Herrn von Laufentals Schwein sammeln und mich bei ihm entschuldigen.

»Das war Unrecht, Klaus, und das weißt du. Such dir einen anderen Freund.«

Ich nahm mir vor, mich zu bessern. Aber weniger mit Johnny zusammen sein? Wollte ich das? Konnte ich das überhaupt?

Am Tag drauf traf ich Johnny im Stadtpark. Er wusste, wo Eichen standen. Die klare Luft roch nach frischem Laub. Bei jedem Schritt raschelte es. Durch die kahlen Bäume sah man die Umrisse des mit Klinker erbauten Bahnhofgebäudes. Am Ziel häuften wir Blätter auf und sprangen abwechselnd der Länge nach hinein, wie bei einem Bauchklatscher ins Wasser, schubsten uns gegenseitig ins Laub und rangen miteinander. Alles Enge fiel von mir ab, auch bei Johnny, das fühlte ich. Pflichten und Regeln verblassten. Wir freuten uns, lachten, als gehöre der Stadtpark nur uns. Zum Schluss zeigte Johnny mir ein paar Griffe zur Selbstverteidigung. Wir übten sie so lange, bis ich sie anwenden konnte.

Dann machten wir uns an die Arbeit. Erst sammelten wir Eicheln. Als der Eimer voll war, Bucheckern. Einige aßen wir gleich, konnten gar nicht damit aufhören. Wir mochten den nussigen Geschmack. Die Bucheckern teilten wir zwischen uns auf. Danach gingen wir getrennt zurück ins Lager.

Den Eimer Eicheln nahm ich mit zu uns. Oma Schulzke

sollte von dem Rübenklau nichts erfahren, und Mutter nicht, dass Johnny mir geholfen hatte.

Zuhause bat ich Mutter um Nussbonbons. Sie war sofort einverstanden. Gemeinsam schälten wir die Bucheckern. Sie erhitzte eine Pfanne, gab Margarine hinein, dann Zucker. Bräunte ihn gleichmäßig und gab die Bucheckern hinzu. Verrührte sie mit der Zuckermasse, bis alle mit Karamell ummantelt waren. Ich durfte probieren und leckte mir die Lippen, um zu zeigen, wie gut mir die Bonbons schmeckten.

»Ich möchte nicht, dass du stiehlst. Hörst du, Klaus?«

»Ja, Mama.« Ich blickte reumütig und machte mich über die mir zugeteilte Portion her.

Mutter lächelte und strich mir über den Kopf.

Neben mir stand der Eimer mit den Eicheln. Ich war mit mir im Reinen. Im Nachtgebet bat ich den lieben Gott nicht mehr um Vergebung. Von Laufental die Eicheln zu bringen und um Entschuldigung zu bitten, das war nun die eigentliche Herausforderung.

## 10

Am folgenden Tag war Sonntag, an dem, so vermuteten Johnny und ich, von Laufental nicht arbeitete. Es war ein nasskalter Morgen. Ein grauer Himmel hing tief über dem Lager. Der Geruch von Hühnerkacke und modrigem Holz lag in der Luft. Es war niemand draußen. Ich ging zum Wäscheplatz. Schlacke, die den Wegen im Lager, ausgenommen bei starkem Regen, einen gewissen Halt gab, knirschte unter meinen Füßen. Pascha, Schmidtkes Hund, jagte wieder mal einer Katze nach. Die kugelrunde Frau Hunsalzer, die man nie ohne Kopftuch sah, und die alleinlebende Frau Lübke, die ihre Lippen immer mit einem knalligen Rot bemalte, saßen hinter ihren Gardinen und beobachteten, ob sich im Lager etwas tat.

Ich traf Johnny vor der Waschküche, wie wir es ausgemacht hatten. Ich musste an von Laufental denken. Wie würde er reagieren? »Bringen wir die Eicheln gemeinsam hin? Oder machst du's allein?«, fragte ich. »Du bist der Ältere von uns.«

Johnny setzte eine nachdenkliche Miene auf und legte den Kopf schräg. »Immer, wenn ich von Laufental treffe, sieht er mich so sonderbar an. Er hat was gegen mich. Jedenfalls mag er mich nicht, das sagt mir mein Gefühl.«

Das überraschte mich. Warum sollte von Laufental ihn nicht mögen? Johnny bemerkte meinen Zweifel.

»Warum weiß ich nicht. Aber komm, lass uns eine Münze werfen, Zahl gewinnt.«

Darauf ließ ich mich ein. Doch Johnny gewann. Also nahm ich den Eimer und stiefelte los, über den Platz, an dem Schuppen mit den Toiletten vorbei zu von Laufental. Ich öffnete die Eingangstür zur Winkelbaracke. Sie war die einzige der sechs aus Holz erbauten Baracken im Lager, deren Unterkünfte von einem langen, schmalen Flur abzweigten. Eine von der Decke herabhängende Glühbirne spendete spärliches Licht. Meine Anspannung wuchs. Vor der Tür Nr.7 blieb ich stehen. In ein Schild aus Blech oberhalb der Türklinke war der Name Werner von Laufental säuberlich eingraviert. Ich blickte zurück. Johnny war nicht zu sehen. Ich stellte den Eimer ab. Sollte ich anklopfen und warten, bis von Laufental öffnete oder anklopfen und gehen? In dem Moment wurde die Eingangstür geöffnet. Aus dem Augenwinkel erkannte ich Johnny. Ich tat, als hätte ich ihn nicht bemerkt und klopfte an von Laufentals Tür. Ein scharrendes Geräusch ertönte, als würde ein Stuhl gerückt. Ich hörte Schritte. Jemand näherte sich. Ein Schlüssel wurde gedreht, die Tür geöffnet. Augenblicklich roch es nach Kaffee. Von Laufental stand vor mir, im grauen Anzug mit weißem Hemd. Er war frisch rasiert und hatte sein dunkelblondes, kräftiges Haar sorgsam gekämmt. Erstmals bemerkte ich über seinem rechten Auge am Haaransatz eine Delle mit einer Narbe. Trug von Laufental deshalb immer einen Hut? Er säuberte sich mit einem Taschentuch den Mund. Katzengraue Augen blickten mich erstaunt an. Im eben noch ernsten Gesicht blitzte ein kurzes Lächeln auf.

»Junge, was willst du?«

Ich zögerte.

»Erzähl! Was willst du?«

Er frühstücke gerade und wolle danach in die Stadt, eine Verabredung, Kameraden treffen. Er zeigte auf den Eimer.

»Oh, Eicheln. Sind die für mein Schwein?«

Die Frage erleichterte mir den Einstieg. Ich erzählte ihm von unserem Rübenklau, entschuldigte mich und versprach, es nicht wieder zu tun.

»Das will ich hoffen.«

Wieder huschte ein Lächeln über sein Gesicht. Konnte von Laufental sein Lächeln an- und ausknipsen, als bediene er einen unsichtbaren Schalter?

»Solltet ihr noch einmal gegen mein Fenster klopfen«, sagte er nun wieder ernst, »gibt es was hinter die Ohren. Sag das deinem Freund Hans.« Noch bevor ich errötete, griff er nach dem Eimer und schloss die Tür.

Erleichtert ging ich zurück. Johnny wartete draußen.

»Und, was hat er gesagt?«

Ich erzählte ihm, was von Laufental mir aufgetragen hatte.

»Ich wusste es. Er mag mich nicht.«

»Das hat von Laufental nicht gesagt.«

Doch Johnny hörte mir nicht zu, er schien in Gedanken woanders zu sein. Auch als ich mich verabschiedete, antwortete er nicht.

Mutter lobte mich. Ich verschwieg das Fensterklopfen und von Laufentals Mahnung. Stattdessen fragte ich, warum man Herrn von Laufentals Frau nie sehen würde? Mutter sagte, dass die vor ein paar Jahren gestorben sei, »an gebrochenem Herzen«.

»An gebrochenem Herzen?« Ich sah Mutter fragend an.

»Ja. Von Laufentals Sohn starb im Krieg. Sie haben nicht nur ihren Besitz und die Heimat verloren, sondern auch ihr einziges Kind.« Mutters Stimme und Gesicht waren voller Mitgefühl.

»Du hast auch deine Heimat verloren und Papa ist tot.«

Das hätte ich besser nicht gesagt. Es machte sie traurig. Ich sah es in ihren Augen. Sie umarmte mich. Lange hielt sie mich so.

In derselben Woche tobte ein Orkan in der Region. Im Stadtpark wurden Bäume entwurzelt, im Ort Dächer beschädigt. Von unserer Baracke wurden Dachpappe und ein paar Bretter weggerissen. Das Dach war an einer Stelle offen, wir konnten den Himmel sehen.

Gegen Abend klopfte jemand an unsere Tür, und als Mutter öffnete, stand von Laufental da.

»Heil Hitler, Frau Jankowski!«

Mutter grüßte zwar freundlich, aber doch zurückhaltend mit »Guten Abend, Herr von Laufental« zurück, und sagte, dass der Hitler-Gruß nicht mehr in unsere Zeit passe …

»Ja, natürlich. Ein dummer Versprecher. Die alte Gewohnheit. Guten Abend!«, fiel von Laufental ihr ins Wort.

»Es könnte heute Nacht regnen. Hier im Lager unterstützt man sich gegenseitig. Hier gibt es noch eine Volksgemeinschaft. Bestimmt werde ich auch über kurz oder lang Ihre Hilfe benötigen, Frau Jankowski.« Er zeigte nach draußen. »Ich habe eine Leiter und Werkzeug mitgebracht, ich werde versuchen, den Schaden zu reparieren.«

Darüber freute sich Mutter. Sie dankte ihm und bat mich zu helfen.

Ich hielt die Leiter, während von Laufental auf das Dach stieg, und reichte ihm die verlangten Werkzeuge. Bevor es dunkel wurde, war das Dach wieder dicht. Zufrieden zog von Laufental eine Pfeife aus der Tasche und stopfte sie bedächtig.

»Das wäre geschafft«, sagte er und entzündete sie. Ich sei ein guter Junge, hätte ihm tüchtig geholfen, meinte er.

Sein Lob freute und beschämte mich gleichermaßen. Ich bereute, von Laufental verdächtigt zu haben, er könnte seine Frau eingesperrt oder Schlimmeres mit ihr gemacht haben.

»Komm mich mal besuchen, Klaus. Ich möchte dir was Interessantes zeigen«, sagte er und lächelte.

Am Abend schnitzte ich mir aus einem Stück Holz ein Mundstück und steckte es angespitzt in eine Kastanie, die ich zuvor ausgehöhlt hatte. Ein zerbröseltes Eichenblatt ersetzte mir den fehlenden Tabak. Sorgsam stopfte ich damit meine Pfeife und zog und blies, als rauchte ich sie wirklich, wie ich es bei von Laufental gesehen hatte.

# 12

Monate verstrichen. Das Jahr wechselte. Das Leben im Lager war, bis auf die Sonntage, an denen Johnny und mir das Geld fürs Kino fehlte, nie langweilig. An den Wochentagen spielten wir Räuber und Gendarm oder Völkerball, ab und zu Versteck, auch Cowboys und Indianer. Nur sonntags nicht, da trugen wir Sachen, die wir schonen sollten.

Manchmal holten Johnny und ich Holz aus dem Stadtpark, sägten und hackten es klein oder suchten am Güterbahnhof nach liegengebliebenen Kohlen. In den großen Ferien des Sommers 1953 arbeiteten wir bei Marschbauern, sammelten Kartoffeln und entfernten Unkraut zwischen den Kohlpflanzen. Von dem Lohn gingen wir ins Kino. Blieb etwas übrig, kauften wir Brause und etwas Süßes, meistens bei Affen-Erich am Binnenhafen, dessen Schimpanse einem Jungen einmal einen Finger abgebissen hatte.

Mutter hatte sich anscheinend damit abgefunden, dass Johnny mein Freund war. Nur an bestimmten Fragen bemerkte ich manchmal noch ihre Bedenken ihm gegenüber.

Die Ferien waren fast vorbei und unser Geld aufgebraucht. Johnny schlug vor, auf der Mülldeponie nach Schrott zu suchen. Sie lag im Südosten der Stadt. Wir gingen am Güterbahnhof vorbei und folgten dem Schienenstrang Richtung Hafen. Die Sirene der Stadt, die früher vor Fliegerangriffen warnte, heulte zur Mittagszeit. Männer und Frauen strömten aus dem Tor der Papierfabrik, eilten zum Essen in die Werkskantine.

Am Stadtrand lag die Deponie. Alles, was nicht mehr gebraucht wurde, landete hier. Ein fauliger Geruch lag in der Luft. Möwen und Krähen suchten Essbares. Sobald wir ihnen zu nahekamen, flogen sie auf und ließen sich auf einer anderen Stelle wieder nieder. Wir achteten darauf, wohin wir traten. Spitze Gegenstände, wie Glassplitter oder Drahtstücke könnten unsere Gummistiefel durchdringen.

Wir hatten Glück. Johnny fand ein kaputtes Bügeleisen und entdeckte an einem gesprungenen Waschbecken ein Stück Rohr aus Blei. Ich fand unter zerrissenen Jutesäcken eine Rolle Kabel in dem Kupferdraht steckte. Für Blei und Kupfer bekamen wir ein kleines Vermögen.

Die Funde brachten wir zum Schrotthändler. Die Annahmestelle lag in der Nähe unserer Schule, direkt gegenüber dem Landesfürsorgeheim, das uns unheimlich war, weil wir daraus manchmal angstvolle Schreie hörten.

Als der Schrotthändler, der immer denselben verschlissenen, ölverschmierten Blaumann und langschäftige Gummistiefel trug, unsere Fundstücke wog, sahen wir genau hin. Einmal hatte er sich schon verwogen. Aus Versehen, wie er sagte, nachdem Johnny ihn darauf hingewiesen hatte. Diesmal erhielten wir etwas mehr als drei Mark. Zufrieden verließen wir die Annahmestelle.

Im Landesfürsorgeheim saß ein Jugendlicher hinter Gittern im geöffneten Fenster. Sein Oberkörper war mit einem schmuddeligen Unterhemd bekleidet. Er streckte einen Arm durch die Gitter und bettelte um eine Zigarette. Er war heiser. Wir näherten uns dem Jungen. Der Arm war mit verschorften Wunden übersät. Sein Gesicht war schmal, der Blick ruhelos. Ich stutzte, als Johnny eine

Kippe aus seiner Hosentasche friemelte und ihm in die Hand legte. »Mehr hab ich nicht.«

Der Junge bemühte sich zu lächeln, was aber misslang.

»Hast du auch Feuer?«

Johnny riss ein Stück Reibfläche von einer Streichholzschachtel ab und reichte sie ihm zusammen mit zwei Streichhölzern. Der Junge zündete die Kippe an und inhalierte hastig den Rauch. Er begann zu husten. In dem Moment hörten wir jemand »Lebarsky« brüllen. Daraufhin warf der Junge die Kippe nach draußen und schloss eilig das Fenster.

Wortlos gingen wir Richtung Marktplatz. Auf Höhe der Schmiede roch es nach Pferdemist und verschmorten Hufen. Wir überquerten den Marktplatz, vorbei an dem fünfarmigen, stattlichen Kandelaber, und folgten der Hauptgeschäftsstraße.

Die Glocke am Bahnübergang bimmelte. Die Schranke schloss sich. Wir stiegen die Treppenstufen zur Eisenbahnbrücke hinauf und sahen hinüber zum Bahnhof. Der Schaffner hob eine Kelle und pfiff. Die Lokomotive dampfte und zischte. Der Zug fuhr an. Kurz vor der Brücke öffnete der Lokführer das Überdruckventil. Dem schrillen Pfeifton folgte eine schneeweiße, dicke Wolke aus Wasserdampf. Der warme Dunst hüllte uns ein. Wir waren umgeben von fantastischen Figuren, die sich langsam auflösten. Als wir wieder freie Sicht hatten, verließen wir die Brücke und gingen im Stadtpark weiter Richtung Barackenlager.

Johnny brach unser Schweigen. »So ein Heim ist schlimm.«

»Der Junge sah krank aus«, sagte ich. »Hast du seinen Arm gesehen? Die Wunden?«

»Die stammen von einem Messer oder einer Peitsche.«
Johnny schüttelte den Kopf, als könnte er nicht glauben, was wir gesehen hatten.

»Ich würde versuchen auszubrechen, wenn ich da drinnen wäre«, sagte ich.

»Bestimmt nicht möglich«, meinte Johnny nachdenklich.

Zwischenzeitlich hatten wir das Lager erreicht und trennten uns. Ich blickte Johnny wieder nach. Diesmal drehte er sich nicht zu mir um.

## 13

Die Blätter der Bäume und Büsche verloren allmählich ihr sattes Grün. Manche Vogelarten hatten sich schon auf die Reise Richtung Süden begeben. Und doch schien die Sonne in den letzten Septembertagen noch ungewöhnlich warm. Johnny schlug vor, den Samstagnachmittag im Elbvorland zu verbringen. Im Priel gäbe es eine von Ebbe und Flut ausgewaschene, tiefere Stelle.

»Vielleicht können wir dort noch baden«, sagte er.

Ich schmierte mir ein Brot, füllte eine Flasche mit Wasser und packte Badehose und Handtuch ein. Wir nahmen den Weg durch den Stadtpark, überquerten den Bahnübergang am Eisenbahnausbesserungswerk und blieben am Deich vor Bauer Janssens Garten stehen, in dem wir schon einige Male gewesen waren. Obstbäume und die verschiedensten Sträucher standen dort, ein Dschungel voll mit Früchten und Beeren. Johnny kletterte über die Pforte und ich stand Schmiere. Nach einer Weile tauchte er wieder auf, das Hemd prallgefüllt.

»Das hat sich gelohnt«, meinte er und grinste. »Zwetschgen so viel du essen kannst.«

Wir überquerten die Straße, stiegen den Deich hoch und liefen hinunter ins Elbvorland. Parallel verlaufende Gräben sorgten für die Entwässerung und unterteilten es in Weideflächen, auf denen Kühe grasten. Wir erreichten die von Johnny genannte Stelle, beschlossen aber, zunächst zu essen und auszuruhen und erst bei Hochwasser zu baden. Wir zogen unsere Sachen aus, die Badehosen an und setzten uns auf die Handtücher. Johnnys Hemd diente als Unterlage für die Pflaumen. Wir aßen und versuchten die Steine auf das gegenüberliegende Ufer des Priels zu spucken. Aßen und spuckten, bis wir satt waren, legten uns dann auf den Rücken und sonnten uns.

Ein Geräusch schreckte uns auf. Wir drehten uns auf den Bauch und sahen, wie sich eine Gruppe Jugendliche näherte. Sie schritten geordnet hintereinander her, wie Soldaten, an einem nahen Entwässerungsgraben entlang. Alle trugen graue Arbeitskleidung und Stiefel. Sie wurden von zwei erwachsenen Männern begleitet, die einen Schäferhund mit sich führten. Einige der Jugendlichen hatten Spaten, die anderen Schaufeln. Sie hielten sie geschultert wie Gewehre.

»Gruppe … halt!«, rief einer der Männer. Die Gruppe blieb stehen. »Umdrehen und zuhören!« Die Jugendlichen wandten sich um. »Dieser Entwässerungsgraben muss auf der ganzen Länge verbreitert und vertieft werden.«

Der Mann sprach in einem kommandierenden Ton. Der Graben war ungefähr achthundert Meter lang.

»Es ist jetzt vierzehn Uhr fünfzehn. Um achtzehn Uhr solltet ihr ein Drittel geschafft haben. Die Spatenträger verbreitern und die Schaufelleute vertiefen. Habe ich mich klar genug ausgedrückt? Oder gibt es Fragen?«

Niemand meldete sich.

»Keine Fragen? Umso besser. Dann ran an die Arbeit!«

Es kam Bewegung in die Gruppe. Kurz darauf drangen Spaten- und Schaufelgeräusche zu uns herüber.

»Erkennst du den Jungen da drüben wieder?«

»Wo?« Ich sah in die von Johnny gezeigte Richtung

»Ich meine den Zweitletzten von rechts.«

Es war der Junge aus dem Heim, dem Johnny eine Kippe gegeben hatte.

»Was glaubst du eigentlich, wer du bist«, hörten wir einen der Wärter schimpfen, während er auf diesen Jungen zulief. Der erwiderte etwas, was wir aber nicht verstanden.

»Was hast du gerade gesagt, Lebarsky? Du bist mir schon am ersten Tag aufgefallen. Hast du gehört? Bereits am ersten Tag, du Blindgänger.«

Der Bewacher stand jetzt vor dem Jungen. »Wiederhole, was du gerade gesagt hast.«

Der Junge erwiderte etwas.

»Lauter! Was hast du gesagt?«

»Das schaffen wir nie!«

»Aha, du willst die anderen wohl aufhetzen, was?«

Der Wärter schlug ihm mit der Faust ins Gesicht. Der Junge stürzte zu Boden, stand aber sofort wieder auf. Der Schäferhund begann zu knurren. Für einen kurzen Moment hielt ich den Atem an. Würde der Junge zurückschlagen? Der Wärter entriss ihm den Spaten und schleuderte ihn weit von sich.

»Hinlegen!«, befahl er. Der Junge ging zögernd in die Knie und legte sich auf den Bauch.

»Hol den Spaten!« Der Junge robbte in Richtung Spaten. Der Wärter folgte ihm, führte den Hund mit sich.

»Schneller!« Der Junge beeilte sich.

»Noch schneller!«

Je lauter der Wärter kommandierte, desto mehr knurrte der Hund. Der Junge erreichte den Spaten, stand auf und hielt ihn wie ein Gewehr, senkrecht zum Körper ausgerichtet.

»Und jetzt ran an die Arbeit! Und wenn ich noch einmal solche Scheiße von dir höre, dann vergesse ich mich. Verlass dich drauf.«

Der Junge rannte zurück zum Graben und stach den Spaten mit großer Wucht ins Erdreich, schleuderte die abgestochene Erde weit von sich, stach zu und schleuderte und stach erneut zu.

Wir drehten uns auf den Rücken und schwiegen. Schneeweiße Wolkenfetzen zogen am Himmel dahin. Ein Fischreiher flog über uns, kreiste ein paar Mal, landete auf der anderen Seite des Priels und stolzierte zu einer Stelle nah am Wasser.

Nach etwa einer Stunde hörten wir den Wärter, der den Jungen geschlagen hatte, rufen: »Zigarettenpause!«

Wir legten uns wieder auf den Bauch und beobachteten, was geschah. Alle Heiminsassen legten ihre Spaten und Schaufeln ab und fläzten sich ins Gras.

»Das gilt nicht für dich, Lebarsky. Weiterarbeiten!«

Der Junge erhob sich und nahm seinen Spaten wieder auf.

»Ich höre nichts.«

»Jawoll«, sagte der Junge und setzte seine Arbeit fort.

»Wie heiße ich?«

Ich hörte Johnny stöhnen.

»Jawoll, Herr Petersen.«

»Richtig, Lebarsky.«

»Mir ist die Lust auf Schwimmen vergangen«, sagte Johnny und blickte mich an.

»Mir auch. Komm, wir hau'n hier ab.«

Wir zogen uns um, packten unsere Sachen zusammen und machten uns auf den Heimweg. Wir sprachen kein Wort. Das, was wir erlebt hatten, bedrückte uns.

## 14

Von nun an machten wir einen Bogen um das Landesfürsorgeheim. Wir brachten nichts mehr zum Schrotthändler,
sondern horteten die Sachen in unserem Stall. Und hielt
ein fahrender Eisen- und Lumpensammler in unserer
Straße, machten wir sie zu Geld. Wir schmuggelten uns
nicht mehr ins Kino und stiegen nicht mehr in fremde
Gärten. Ich strengte mich in der Schule mehr an, machte
meine Hausaufgaben sorgfältiger. Ich holte Eimer gefüllt
mit Wasser von der Waschküche oder Holz und Kohlen
aus unserem Stall, wann immer Mutter mich bat. Ich trug
unaufgefordert unseren Eimer, den wir im Notfall nachts
benutzten, zur Baracke mit den Toiletten und leerte ihn
in unserem Klo aus. Lagen dort nur noch wenige Blätter
Zeitungspapier, sorgte ich für Nachschub. Ich erledigte alle
anfallenden Arbeiten, ohne auch nur einmal zu maulen.
Niemals sollten die Leute vom Jugendamt bei uns anklopfen. Niemals!

So vergingen die Tage, Wochen und Monate. Nichts von Be-
deutung passierte. Ein neues Jahr begann. Der Winter war
mild, und bald verwandelte der Frühling die Natur. Überall
begann es zu grünen und zu blühen. Ostern 1954 beendete
ich die 6. Klasse. Wir Schüler bekamen zusätzliche Fächer
und Lehrer und einen anderen Klassenraum. Vieles änderte
sich. Aber wir wohnten noch immer in unserer Baracke. Und
die Freundschaft mit Johnny blieb so fest wie eh und je.
    Während der Ferien verging kein Tag ohne ihn. Einmal
sahen wir einem Scherenschleifer zu, dessen Fahrrad Fort-

bewegungsmittel und Schleifmaschine zugleich war. Der Mann setzte sich auf einen dreibeinigen Schemel, schnallte sein Holzbein ab und schob sich eine Zigarette in den Mund. Während er sie paffte, montierte er sein Fahrrad um. Danach klingelte er so lange, bis die ersten Lagerbewohner ihre Messer und Scheren brachten, die er für ein paar Groschen schärfte.

Am Tag darauf schlachteten Männer ein Schwein in der Waschküche. Die Waschkessel dampften und es roch nach blutigem Fleisch, Gewürzen und Exkrementen. Die Schürzen und Handschuhe blutverschmiert, zerteilten die Männer das Schwein. Am Boden lagen Gedärme und ihre Inhalte. Wir ekelten uns und doch blieben wir, bis alles gemacht war. Bis die Fleischstücke in Wannen lagen, die Würste an einer Leine hingen und der Boden abgespritzt wurde. Bis die Männer ihre Hände wuschen, abtrockneten und Zigaretten rauchten.

Gab es nichts Neues zu sehen, spielten wir Völkerball zusammen mit anderen Kindern.

Nach den Ferien verbrachten Johnny und ich jede Pause zusammen. Meistens spielten wir Minifußball mit drei kleinen Steinen, die wir auf dem Schulhof fanden. Zwei Steine stellten das Tor dar, der dritte wurde mit dem Fuß angestoßen. Einer von uns spielte, der andere sah zu. Passierte der angestoßene Stein nicht die gedachte Linie zwischen den Tor-Steinen, wechselten wir.

Veronika spazierte mit ihren Freundinnen auf dem Pausenhof herum. Sah sie mich, winkte sie mir zu. Das machte mich jedes Mal verlegen, und ich hoffte, dass es sonst niemand bemerkte. Aber insgeheim freute ich mich.

Ich wäre wohl auch weiterhin gerne in die Schule gegangen, wenn mir die Jungen der Familie Tigges, die am Marktplatz wohnten, das Leben nicht so schwer gemacht hätten. Die hatten es auf Flüchtlingskinder abgesehen. Nach Unterrichtsschluss lauerten mir immer öfter diese Jungen auf. Einer stellte mir ein Bein, die anderen zwei stießen und traten mich. Am Ende nahm mich der Älteste in den Schwitzkasten, bis ich flehte, mich loszulassen.

Als ich Mutter davon erzählte, meinte sie, ich solle mich wehren, mir nichts gefallen lassen. Ich sei doch ein kräftiger Junge, mutig, kein Angsthase, oder? Ich gab es nicht zu, aber doch – ich hatte Angst, große Angst! Wie sollte ich mich gegen drei Jungen wehren? Meine Noten verschlechterten sich. Ich schlief nicht gut, träumte viel. Es musste sich was ändern.

An einem Donnerstagmorgen blieb ich auf dem Weg zur Schule plötzlich stehen, bog, wie von einer unsichtbaren Kraft gezogen, links in den Stadtpark ab und ging zum Bahnhof. Ich wusste nicht, was ich da sollte. Nur eines war mir klar, so lange diese Jungen auf mich lauerten, wollte ich nicht mehr in die Schule.

In der Bahnhofshalle standen viele Leute, überwiegend ernst dreinblickende Männer. Sie rauchten oder lasen Zeitung, während sie auf ihre Züge warteten. Ein Geruch von Zigarettenrauch und Körperschweiß lag in der Luft. Ich richtete meinen Blick auf den verschmutzten Steinboden, ging, als suchte ich etwas, um den Kiosk herum. Dahinter befand sich ein Fenster, die Scheiben von innen beschlagen, darunter ein gusseiserner Heizkörper, dessen Farbe abblätterte. Dort setzte ich mich hin und las ›Emil und die Detektive‹, das hatte ich mir in der Stadtbücherei ausgeliehen. Ich las, bis die Schule aus war. Ging dann nach Hause, setzte mich wie sonst nach dem Essen hin, holte meine Hefte raus und vertiefte das, was ich schon geschrieben oder gerechnet hatte. Das machte ich auch am nächsten und übernächsten Tag. Mutter schöpfte keinen Verdacht.

Am Samstagmorgen schlenderte ich nach meinem Besuch im Bahnhof wieder durch den Park Richtung Lager, als hinter mir ein Mädchen rief, ich solle doch warten. Ich wandte mich um. Helga Schmidtke kam auf mich zu. Sie war etwa ein Jahr älter als ich und wohnte in der Winkelbaracke, in der auch von Laufental lebte.

Im letzten Jahr hatte ein Mann in unserer Straße gestanden und sein rostiges Fahrrad an den Zaun gelehnt, der die Leichenhalle am städtischen Krankenhaus eingrenzte. Er hatte mir gewinkt. Zögernd hatte ich mich genähert und war ein paar Meter vor ihm stehengeblieben. Der Mann war erbärmlich gekleidet. Er war blass, als wäre er krank, und abgemagert, als hätte er ewig nichts gegessen. Er erkundigte sich nach dem Weg zu Frau Schmidtke. Fast flüsterte er, als sorgte er sich, dass ihn andere Lagerbewohner hören könnten. Ich erklärte ihm den Weg. Er dankte mir, nahm sein Fahrrad und schob es. Ich wollte wissen, ob er mich richtig verstanden hatte und sah ihm nach. Er ging, als fiele es ihm nicht leicht, das Gleichgewicht zu halten. Von Mutter erfuhr ich, dass es Herr Schmidtke gewesen war, ein spätheimgekehrter Kriegsgefangener.

Jetzt bot mir seine Tochter Helga ein Sahnebonbon an. Ich griff zu und steckte es mir in den Mund. Sie wolle mir etwas zeigen, sagte sie und griff nach meiner Hand.

Eine Höhle, ich dürfe das Versteck aber niemandem verraten.

»Schwöre es!« Sie warf ihre Zöpfe mit einer energischen Kopfbewegung nach hinten.

Ich legte Daumen, Zeige- und Mittelfinger auf die Stelle meiner Brust, unter der ich mein Herz vermutete.

»Ich schwöre.«

»Gut, dann komm.«

Vor einem dichten Gebüsch bückte sie sich, drückte ein paar Zweige auseinander und ging mit dem Kopf voraus einen Gang entlang, der bis tief ins Buschinnere hineinreichte. Mittendrin war eine lichte Stelle. Helga reichte mir noch ein Bonbon, das ich in meine Hosentasche steckte.

»Hast du schon mal bei einem Mädchen gesehen, wie es da aussieht?« Sie zeigte auf ihren Unterleib.

Was hatte sie vor? Ich sah sie verwundert an. Ihr Gesicht war mit Sommersprossen übersät. Sie biss sich auf die Unterlippe, errötete, zog sich den Schlüpfer bis zu den Knien hinunter und hob ihren Rock. Meine Ohren brannten. Ich sah ihr ins Gesicht. Ihre Augen waren geschlossen. Jetzt traute ich mich. Zum ersten Mal sah ich ein dort entblößtes Mädchen. Aber mehr als eine feinbehaarte Stelle zwischen ihren bleichen Schenkeln war da nicht.

»Nein«, sagte ich und schüttelte den Kopf, als sie die Augen öffnete.

Sie fragte, ob sie bei mir auch mal gucken dürfe? Sie blickte auf meinen Hosenschlitz. Ich war verblüfft. Bevor ich antworten konnte, knöpfte sie mir die Hose auf, streifte sie nach unten und blickte auf meinen Matz.

»Komm, jetzt spielen wir Mann und Frau.«

Ich wusste nicht, wie das Spiel gehen sollte. Schon presste

sie ihren Unterleib gegen meinen Matz, der ganz heiß wurde und ein bisschen anschwoll. Was sie bezweckte, gelang nicht, egal wie sie sich abmühte. Es kitzelte nur ungemein und am liebsten hätte ich losgelacht, aber Helgas Ernsthaftigkeit hielt mich davon ab. Ihr Gesicht war mittlerweile tomatenrot und schweißnass. Ich war aufgeregt, wollte irgendetwas sagen. In dem Moment hörten wir eine Gruppe Kinder herumalbern, die sich rasch näherte. Helga küsste mich auf den Mund. Ich wollte das nicht und drehte meinen Kopf zur Seite. Sie hielt mir mit der Hand den Mund zu und flüsterte: »Still! Nicht bewegen!«

Wir hörten die Kinder plappernd vorbeiziehen, verharrten noch einen Moment so, dann zogen wir uns an. Das sei unser Geheimnis, sagte Helga, ich dürfe mit niemandem darüber reden. Ich nickte. Niemals würde ich jemandem davon erzählen wollen. Schon bei dem Gedanken, jemand könnte davon erfahren, durchlief ein Schamgefühl meinen Körper bis in die Gummistiefel hinein. Wir gingen zusammen nach Hause. Ich vermutete, von nun an anderen Kindern etwas vorauszuhaben. Und Helga? Was sie wohl dachte? Aber ich fragte sie nicht.

Ich konnte ja nicht ewig im Bahnhof herumsitzen. Also ging ich am Montag wieder in die Schule. Als Otto mich fragte, wo ich gewesen sei, log ich: »Mit schlimmen Bauchschmerzen im Bett.«

Otto sah durch mich hindurch und verlangte ein Entschuldigungsschreiben, aufgesetzt und unterschrieben von meiner Mutter. Mir blieb nichts anderes übrig, als Zuhause zu beichten.

Mutter schimpfte mit mir. »Klaus, warum?«

Ich schwieg.

»Was ist bloß in dich gefahren? Bist du von allen guten Geistern verlassen? Was denkst du eigentlich, was du damit anrichtest? Klaus, warum?«

Wieder fielen die Wörter: Jugendamt, Heim, Fürsorge. Nicht, dass Mutter mich loswerden wollte, nein, keineswegs. Aber sie sorgte sich, das Jugendamt könnte mich in eine Fürsorgeanstalt stecken, wenn bekannt würde, dass ich die Schule geschwänzt hatte. Immerhin wuchs ich ohne Vater auf und war oft allein zu Haus, wenn sie in der Fischhalle arbeitete, zum Putzen ging oder Besorgungen machte.

Ich dachte an den Jungen Lebarsky und versprach Mutter, nie wieder die Schule zu schwänzen. Ich nannte ihr aber nicht den wahren Grund. Denn ich schämte mich meiner Angst wegen.

Meine Lage verschlimmerte sich. Fast täglich warteten die Jungen der Familie Tigges nun auf mich, als wollten sie Versäumtes nachholen.

## 15

Ich hatte von Laufental nach der Reparatur unseres Dachs noch nicht besucht. Eine unbestimmte Scheu hatte mich davon abgehalten. Und nun beschäftigten sich meine Gedanken seit Wochen nur noch mit den Jungen der Familie Tigges. Aber eines Abends lief ich von Laufental direkt in die Arme, als ich aus unserem Stall Holz holte und er Rüben brachte. Er fragte, wann ich ihn denn besuchen käme? Dass er mich daran erinnern musste, war mir peinlich. Schon am nächsten Tag ging ich nachmittags zu ihm. Er schien sich zu freuen, als ich kam, und bot mir ein Glas Brause an, fragte, wie es mir in der Schule gehe.

»Gut«, war meine kurze Antwort. Und gleichzeitig wurde mir bewusst, dass ich log. Denn mir ging es natürlich nicht gut. Aber warum sollte ich mich von Laufental anvertrauen? Einem Mann, der mir nicht nahestand.

Gezeigt, wie von ihm angekündigt, hatte er mir nichts. Ich bekam den Eindruck, er trüge ein Geheimnis mit sich herum, das er nun lieber für sich behalten wollte. Trotzdem oder vielleicht auch gerade deshalb nahm ich mir vor, seiner Bitte, ihn bald wieder zu besuchen, nachzukommen.

Ich wollte Johnny von meinem Besuch bei von Laufental erzählen und schlenderte, nachdem ich die Schularbeiten gemacht hatte, zum Wäscheplatz. Das Wetter wechselte in schneller Folge, mal regnete es, mal kam die Sonne durch. Ich trank gerade Wasser aus dem Hahn, der an der Außenwand der Waschküche angebracht war, als Johnny mich rief. Er habe mich an seinem Fenster vorbeigehen sehen. Er wolle mit mir etwas bequatschen, müsse aber vorher noch was erledigen. Wir verabredeten, uns zu einer bestimmten Zeit in der Hängebuche zu treffen.

Unser Versteck hatten wir in den vergangenen Monaten Stück für Stück ausgebaut. Über eine mit Schiffstau und Stöcken selbstgefertigte Strickleiter erreichte man eine Plattform aus Holzbrettern. Zwei Astgabeln dienten als Sitze, bequem genug, um es auch über längere Zeit dort oben auszuhalten. Von unten war die Baumhöhle kaum einsehbar.

Ich war vor Johnny da und wartete. Er verspätete sich, setzte sich schweigend auf seinen Platz und begann mit den Füßen zu wippen. In seinem Gesicht zog sich ein dunkelroter Streifen vom Ohr über die Wange bis zum Hals hinunter. Stellenweise war die Haut aufgerissen.

»Mann, sieht das schlimm aus! Wer hat das getan?« Johnny tat mir leid.

»Halb so wild«, sagte er und schüttelte sich, als wollte er etwas abwerfen. Er zog eine Schachtel Zigaretten aus seiner Hosentasche und öffnete sie umständlich.

Zigaretten besorgen, das war's, was er noch erledigen wollte. Woher hatte er das Geld?

»Willst du eine?« Seine Finger zitterten.

Ich lehnte ab und dachte an meinen ersten Versuch vor ein paar Wochen. Zwei Jungen aus dem Lager und ich hatten ein Stückchen Holz von einer Waldrebe geraucht, das allgemein »Judenstrick« genannt wurde. Mir war übel geworden.

Johnny steckte sich eine in den Mund. Als ich sah, wie er die Zigarette anzündete, an ihr zog und den Rauch inhalierte, wurde mir klar, dass er schon öfter geraucht hatte. Ich dachte daran, dass Johnny dem Jungen im Heim eine Kippe durchs vergitterte Fenster gereicht hatte.

»Was gibt's Neues, Klaus?«

Johnnys Blick schien mich durchleuchten zu wollen. Vermutlich ahnte er, wie es mir ging. Ich schwieg.

»Warum hast du mir nicht erzählt, weshalb du die Schule geschwänzt hast? Du warst doch nicht krank, oder? Als ich dich letztens fragte, warum du nicht in der Schule warst, bist du mir ausgewichen. Vertraust du mir nicht mehr?«

Ich zögerte. Sollte ich Johnny meine Angst eingestehen? Ich wollte auf keinen Fall feige wirken. Aber als er sagte, dass ich es ihm ruhig sagen könne, da wir ja Freunde seien, erzählte ich ihm von den Jungs, die mir auflauerten. Erzählte ihm von meinem Platz im Bahnhof, erzählte ihm einfach alles.

Johnny hielt den Kopf schräg und schwieg.

»Du hast ja immer eine Stunde früher Schulschluss als ich«, sagte er nach einer Weile. »Auch am Montag. Aber dein Lehrer, Herr Mantei, nicht. Also machst du am Montag irgendeinen Blödsinn und schon musst du nachsitzen. Anschließend gehen wir zusammen nach Hause und schnappen uns die Jungs. Einverstanden?«

Ich war natürlich einverstanden. Aber was für einen Blödsinn könnte ich machen? »Gut. Ich versuch's«, sagte ich und fragte, weil Johnny mir noch immer eine Antwort schuldig war: »Warum magst du eigentlich die Schule nicht?«

»Einige Lehrer mögen uns nicht«, begann Johnny ohne zu zögern. Als hätte er sich auf diese Frage vorbereitet. »Hast du das noch nicht bemerkt? Manche haben einen an der Birne«, er tippte mit dem Zeigefinger gegen die Stirn, »schlagen uns beim geringsten Anlass.«

Ich dachte an Otto, der Kinder gerecht behandelte und

nicht schlug. Aber ich wusste, fast alle Lehrer schlugen Schüler, manche auch Mädchen.

»Willst du wissen, warum sie uns nicht mögen?« Johnny fixierte mich.

»Ja, schon.«

»Weil wir Fremde sind.« Er hörte auf, mit den Füßen zu wippen. »Darum mag ich die Schule nicht besonders. Und ich habe Fragen, die mir niemand beantwortet. Klar habe ich was in der Schule gelernt. Wie Neandertaler Feuer machten, ja, - auch, dass Schleswig-Holstein sich zwischen Nord- und Ostsee erstreckt und wir in der Marsch leben. Dass dieser Ort Glückstadt von einem dänischen König gegründet wurde, an der Elbe liegt, einen Hafen hat und die Fischlogger mit ihren Fangnetzen Heringe aus der Nordsee holen. Glückstadt«, er betonte Glück..., »was für ein Name!« Johnny verzog spöttisch sein Gesicht. »Aber sonst? Sonst weiß ich nichts, gar nichts!«

Ich nahm einen bitteren Unterton in seiner Stimme wahr. »Ich versteh nicht, was du willst?«

»Weißt du, wie es zum Krieg kam? Warum die Russen unsere Feinde sind? Warum Juden einen übers Ohr hauen sollen? Wer Hitler wirklich war? Was er getan hat? Weißt du es?«

Er erwartete keine Antwort von mir, redete einfach weiter.

»Nichts wissen wir darüber, überhaupt nichts! Das lernen wir nicht in der Schule. Hätte ich Herrn Arndt nicht, wüsste ich gar nichts.«

Der Name war mir unbekannt. Ich dachte an Mutter. Sie hatte mir noch immer nichts über ihre Flucht mit mir erzählt.

Johnny war in voller Fahrt. Er zog an der Zigarette und blies den Rauch diesmal durch die Nase aus, wie ein Erwachsener. »Erst seit letztem Jahr weiß ich genau, wie Babys entstehen. Alles, auch den biologischen Verlauf. Also Befruchtung, Schwangerschaft und so. Und weißt du, wer mir das erklärt hat?«

Ich sah ihn fragend an.

»Auch Herr Arndt. Du kennst ihn wahrscheinlich nicht. Der Schwule, ein Hundertfünfundsiebziger aus der Winkelbaracke. Du weißt ja, dass ich für jemand gelegentlich zum Marktplatz gehe, Schnaps im Grogkeller kaufen. Für ihn mache ich das. Der weiß unglaublich viel. Ihn frage ich, wenn ich einen Rat brauche oder etwas nicht weiß. Der ist auch musikalisch. Er spielt Violine. Klingt richtig gut.«

Er nahm wieder einen tiefen Zug. Formte seinen Mund, wie ein nach Futter schnappender Karpfen, und blies einen Ring Rauch nach dem anderen in die Luft, als wollte er sich auf diese Weise beruhigen. Die Ringe schwebten eine Zeit lang, veränderten ihre Größe und lösten sich allmählich auf.

Weder wusste ich, was ein Schwuler war, noch kannte ich einen Hundertfünfundsiebziger. Und wie Babys gemacht wurden, wusste ich auch nicht genau. Mir fiel der Spruch ein: Storch, Storch bester, bring mir eine Schwester! Das hatte ich vor Jahren ein paar Mal gerufen, als Mutter und ich einen Storch auf einem Feld von Bauer Hansen gesehen hatten. Doch ob ich wirklich laut genug gerufen hätte, bezweifelte Mutter. Sie meinte, wenn Papa noch leben würde, hätte es vielleicht klappen können. Der habe unglaublich laut rufen können.

Aber ich ahnte etwas. Ich dachte an die Versuche mit

Helga, an unser Mann-und-Frau-Spiel. Und ich dachte an Herrn Kalinowski, der uns seit einiger Zeit regelmäßig sonntags besuchte. Ich freute mich, wenn er kam. Er gab mir manchmal Geld fürs Kino. Was gerade gezeigt wurde, schien ihn gar nicht zu interessieren. Er fragte mich auch nie, wie der Film gewesen war. Einmal wöchentlich, fast immer freitags, schickte Mutter mich zum Schlachthof. Dort arbeitete Herr Kalinowski. Meistens sollte ich für einen bestimmten Betrag Innereien wie Leber oder Nieren kaufen, manchmal auch Schweineohren und Pfoten. Immer gab sie mir passendes Geld mit, aber Herr Kalinowski nahm es nie an. Das sei bereits bezahlt, meinte er jedes Mal. Wenn ich Mutter das Geld zurückgab, lächelte sie in einer Weise, als hätte sie es erwartet. Einmal beobachtete ich von draußen, wie Mutter die Gardinen zuzog, ziemlich bald, nachdem Herr Kalinowski eingetroffen war. Abends, Herr Kalinowski war schon gegangen, lag eine kleine Schachtel mit Gummiringen unter Mutters Bett. Als ich sie fragte, wofür man die bräuchte, suchte sie nach Worten. Die seien Herrn Kalinowski bestimmt aus der Tasche gefallen, sagte sie schließlich und fragte mich, wie der Film denn gewesen sei.

Jetzt wollte ich es genau wissen. »Wie werden Babys denn gemacht?«

Johnny formte mit Zeigefinger und Daumen seiner linken Hand einen Kreis, steckte seinen rechten Zeigefinger hindurch und bewegte ihn hin und her.

»Es ist ganz einfach. Der Kreis stellt die Scheide einer Frau dar und der Finger einen Pimmel.« Er zeigte auf meinen Unterleib.

Johnny erklärte mir ausführlich, wie Kinder gezeugt

werden. Jetzt wusste ich, wofür Mutter die Gummiringe brauchte.

»Und was ist ein Hundertfünfundsiebziger?«

»Das ist ein Gesetz. Manche nennen Schwule deshalb auch Hundertfünfundsiebziger. Nehmen wir mal an«, Johnny grinste, »wir würden uns auf dem Marktplatz küssen.«

Ich dachte an den Kuss von Helga und muss wohl ablehnend dreingeblickt haben, denn er fügte schnell hinzu: »Das werden wir natürlich nicht tun. Nur mal angenommen, wir machen das und jemand sieht das und zeigt uns an. Dann würden wir bestraft.«

Davon hörte ich zum ersten Mal.

»Jetzt weißt du, warum ich die Schule nicht besonders mag. Es gibt viele Fragen. Aber keine Antworten.«

Ich nickte.

Johnny drückte den Zigarettenstummel aus und warf ihn weg. Er wisse noch nicht einmal alles über seine Eltern. Einmal habe seine Oma ihm erzählt, seine Eltern und sein älterer Bruder Kurt seien in Hamburg bei einer Bombardierung umgekommen, er selbst hätte wie durch ein Wunder überlebt. Johnny seufzte.

Ich musste an Johnnys frühere Reaktion denken, als ein englischer Bomber uns überflog, während wir Speckbirnen sammelten.

Ein anderes Mal sagte sie, fuhr Johnny fort, seine Mutter sei Jüdin gewesen und deshalb seien seine Eltern und sein Bruder gestorben, obwohl sein Vater kein Jude gewesen sei.

Ich war verwirrt, was Johnny bemerkte.

»Mach dir nichts draus, ich weiß auch nicht, was ich von all dem halten soll.«

Johnny überlegte eine Weile.

»Später sagte meine Oma mir einmal, ich sei Halbjude. Wenn sie mich nicht bei Nachbarn versteckt hätte, wer weiß, was passiert wäre? Was wäre passiert, fragte ich sie. Aber sie starrte mich nur an, sagte nichts.«

Johnnys Augen füllten sich mit Tränen. Er wischte sie mit dem Handrücken weg und zündete sich eine weitere Zigarette an.

»Was ist überhaupt ein Jude? Und wie sehen Juden aus? Und warum stirbt man, wenn man einer ist? Und was ist ein Halbjude? Laufe ich etwa ohne Kopf, ohne Brust und Arme durch die Gegend? Oder fehlt mir der Unterleib?«

Johnny wandte sich um und schwieg. Lange ging das so. Ich schwieg mit. Währenddessen überdachte ich, was Johnny gesagt hatte.

»Hast du Großeltern?«, unterbrach Johnny meine Gedanken und richtete seinen Blick wieder auf mich. Er versuchte zu lächeln.

»Nein, die Eltern meiner Mutter sind während ihrer Flucht aus Ostpreußen umgekommen, hat meine Mutter mir erzählt. Und von den Eltern meines Vaters weiß ich nichts.«

»Oh, das tut mir leid.«

»Nicht schlimm. Ich habe sie alle nicht gekannt. Meinen Vater auch nicht. Aber das weißt du ja schon.«

Johnny nickte.

Ich spürte, wie mich ein trauriges Gefühl erfasste und versuchte es hinunterzuschlucken. Johnny, der das zu bemerken schien, schlug einen fröhlichen Ton an.

»Was ganz anderes. Ich kenne einen fantastischen Platz. Da können wir fernsehen. Bist du dabei?«

Natürlich wollte ich dabei sein. Die Fußballweltmeisterschaft war fast zu Ende. Ich hatte alle Spiele mit Deutschland im Radio verfolgt. Deutschland und Ungarn waren im Endspiel.

»Sehen wir etwa das Endspiel?«

»Ja.« Johnny ruderte aufgeregt mit den Armen. »Am Sonntag um siebzehn Uhr. Wir können vielleicht Weltmeister werden.«

Ich dachte an Toni Turek im Tor, Helmut Rahn im Sturm, an den Kapitän Fritz Walter. Ich kannte die Namen aller Spieler.

»Spitze. Da bin ich voll dabei. Wo?«

»Die Bahnhofgaststätte hat ein Fernsehgerät. Da können wir bestimmt durch ein Fenster mitgucken.«

Ich freute mich. Johnny von meinem Besuch bei von Laufental zu erzählen, war mir nicht mehr wichtig.

Es begann zu regnen. Wir verließen unsere Baumhöhle.

»Wer weniger nass wird, hat gewonnen«, sagte Johnny. Und dann rannten wir mit einer Riesenportion Vorfreude auf den morgigen Tag und auf ein spannendes Spiel nach Hause.

## 16

Am Sonntagnachmittag trafen wir uns auf dem Wäscheplatz. Die Sonne schien. Wir werteten das als ein gutes Zeichen und machten uns auf den Weg durch den Park Richtung Bahnhof. Je näher wir der Bahnhofsgaststätte kamen, desto lauter hörten wir Stimmengewirr. Die Fenster der Gaststätte waren geöffnet. Wir zwängten uns an den Büschen vorbei, die den Vorgarten der Gaststätte verschönerten. Johnny stellte sich vor ein Fenster, trat auf einen Stein, zog sich an der Fensterbank hoch und blickte hinein.

»Kannst du was sehen?«

»Ja, gut sogar.« Johnny wirkte begeistert.

Nach einer Weile wurde ich ungeduldig. »Wie spielt die deutsche Mannschaft?«

»Beide Mannschaften spielen gut. Es ist unglaublich spannend.«

»Darf ich jetzt mal?«

»Klar, aber nicht so lange.«

Johnny stellte sich hinter mich, ging in die Knie und nahm mich auf seine Schultern. Zigarettenrauch und Bierdunst strömten mir entgegen. Der Fernseher stand erhöht auf einer Konsole. Die Gaststätte war voller Männer. Ich sah über ihre Köpfe hinweg das Spiel. Johnny hatte recht. Es war ein spannender Kampf. Die Männer feuerten an, lobten, wenn einem deutschen Spieler ein Spielzug gelang und schimpften, wenn einer den Ball verlor oder buhten, wenn ein deutscher Spieler gefoult wurde.

»Lass mich jetzt weitergucken.«

Johnny kniete und ich rutschte über seinen Nacken hinunter auf den Boden. Nun sah er zu. Nach einer Weile wechselten wir wieder.

Die zweite Halbzeit näherte sich dem Ende. Ich saß wieder auf Johnnys Schultern. Es stand 2:2. Im Stadion regnete es. Der Reporter kommentierte immer lauter. Seine Stimme drohte sich zu überschlagen: »Aus dem Hintergrund müsste Rahn schießen – Rahn schießt – Tooooor! Tooooor! Tooooor! Tooooor!« Die vierundachtzigste Minute wurde angezeigt. Nur noch wenige Minuten zu spielen. Die Zeit schien angehalten. Dann die Erlösung. Der Schiedsrichter pfiff. »Auuusss«, brüllte der Reporter.»Das Spiel ist auusss. Deutschland ist Weltmeissteeer, Deutschland ist Weltmeissteeer.«

Die Männer lagen sich in den Armen, sangen und lachten. Ein paar weinten vor Glück, als hätte ein jeder von ihnen mitgekämpft, Sieg und Titel miterrungen. Draußen bildeten sich Menschentrauben. Es wurde getanzt, gejubelt und geschrien. Es schien um viel mehr gegangen zu sein als um den Sieg in einem Fußballspiel.

Wie immer bei besonderen Anlässen trillerte Johnny auch diesmal wie ein Vogel, nahm Anlauf, schlug ein Rad und sprang Flickflack. Wir lachten und boxten uns gegenseitig, erzählten uns die spannendsten Szenen, die ja nur immer einer von uns verfolgt hatte, bis wir im Lager ankamen. Viele Bewohner saßen oder standen vor ihren Unterkünften und unterhielten sich lebhaft über das Spiel. In ihren Gesichtern zeigten sich Freude und Stolz.

Fußballspieler werden, das wäre was, huschte mir durch den Kopf. Doch vorerst wollte ich weiter in die Schule gehen. Aber was für einen Blödsinn könnte ich machen, ohne dass Otto auf mich böse würde?

## 17

In der Schule sprachen alle von der deutschen Mannschaft. Jede gute Szene wurde von allen Seiten beleuchtet, die Namen der auffälligsten Spieler genannt. Dass Helmut Rahn einer der besten Stürmer der Welt war, schien ausgemacht. Auch Otto beteiligte sich. Er wirkte jünger als sonst, lachte, freute sich mit uns.

Wie könnte ich erreichen, nachsitzen zu müssen? Mir wollte kein Blödsinn einfallen, schon gar nicht an diesem Tag. Erst kurz vor Schulschluss kam mir eine Idee. Ich nahm allen Mut zusammen und steuerte auf Otto zu. Ich setzte ein artiges Gesicht auf. »Herr Mantei, dürfte ich heute eine Stunde länger bleiben? Ich möchte an meiner Schrift arbeiten.«

»Du möchtest freiwillig Schönschreiben üben, Klaus?«

»Ja, das möchte ich, Herr Mantei.«

Otto sah mich ungläubig an. Das sei ihm in seiner langjährigen Zeit als Lehrer noch nicht passiert. »Aber gut, warum nicht. Üben kann man ja nicht genug. Komm doch nach der Pause in die Klasse 9A.«

Das machte ich, setzte mich in die letzte Reihe auf einen freien Platz und schrieb eine ganze Heftseite aus Pünktchen und Anton ab, meinem neuen Lieblingsbuch. Es war mühsam, jeden Buchstaben in seiner vorgegebenen Form aufs Papier zu bringen, ohne zu klecksen. Aber es gelang mir, da ich die Feder immer nur ein bisschen ins Tintenfass eintauchte und behutsam abstrich, bevor ich weiterschrieb. Am Ende der Stunde betrachtete Otto die Seite und lobte mich.

Johnny und ich verließen gemeinsam die Schule. Auch an diesem Tag warteten die Jungen der Familie Tigges auf mich, diesmal gleich nach dem Freibad hinter Büschen am Fleet. Als wir sie entdeckten, beschleunigte Johnny seinen Schritt, verhielt sich, als gehörten wir nicht zusammen. Es sah aus, als ginge er an ihnen vorbei. Die Taktik kannte ich. Und doch dachte ich einen Augenblick lang, er würde sich der Übermacht beugen. In dem Moment wandte Johnny sich der Gruppe zu, stellte dem stärksten Jungen ein Bein und stieß ihn um. Warf sich auf ihn und ohrfeigte ihn links und rechts und nochmal links und rechts. Alles spielte sich in wenigen Sekunden ab. Es war der Junge, der mich regelmäßig in den Schwitzkasten nahm. Er wehrte sich nicht, so überrascht war er. Seine Brüder standen wie gelähmt da. Schon war Johnny wieder auf den Beinen und wandte sich ihnen zu.

»Ich will, dass ihr Klaus für immer in Ruhe lasst. Verstanden?«

Die Brüder sahen einander an.

»Ich habe nichts gehört«, sagte Johnny. »Ich wiederhole: Habt ihr mich verstanden?«

»Ja«, sagten sie eingeschüchtert.

Inzwischen hatte sich der Geohrfeigte berappelt.

»Nun zu dir«, sagte Johnny. »Du wirst mit meinem Freund Klaus kämpfen.«

Er nannte die Bedingungen: Boxen, beißen, kratzen, an den Haaren ziehen, mit den Füßen treten und eine Einmischung der anderen beiden seien nicht erlaubt. Wer als Erster für drei Sekunden mit dem Rücken auf dem Boden läge, hätte verloren. Egal, ob ich oder der andere gewinnen würde, in beiden Fällen müssten sie mich für immer in

Ruhe lassen. Der Junge war wegen der vielen Regeln sichtlich beeindruckt. Er nickte stumm.

»Irgendwelche Einwände?«

»Nein«, hauchte er.

Johnny wandte sich mir zu. »Bist du bereit, Klaus?«

Ich verbarg meine Aufregung, nickte und sagte trotz aufkeimenden inneren Widerstands: »Ja. - Gut.– Bin bereit.«

Alle nahmen die Schulranzen ab und formten damit einen Kreis. Der Junge und ich gingen in die Mitte. Johnny trillerte das vereinbarte Zeichen. Die zwei anderen Jungen feuerten ihren Bruder an, Johnny mich. Mal bekam mein Gegner die Oberhand, mal ich. Aber irgendwann gelangen mir Griff und Wurf, wie Johnny es mir beigebracht hatte, und mein Gegner landete auf dem Rücken. Ich hechtete auf ihn drauf, packte ihn an seinen Handgelenken und drückte sie mit aller Kraft hinunter auf den Boden, hielt sie fest, als ginge es um Leben und Tod.

»Eins - zwei - drei. Aus!«, rief Johnny.

Meine Knie und Hände waren aufgeschürft, ein Hemdsärmel eingerissen, an der Strickjacke fehlten zwei Knöpfe. Aber ich hatte gewonnen. Ich war nicht stärker als mein Gegner gewesen, nur eine Spur schneller.

Ich steckte noch im Rausch meines Erfolgs, als Johnny sagte: »Gebt euch die Hand!«

Ich streckte meine aus. Einen Augenblick lang zögerte mein Gegner, aber als sich unsere Blicke trafen, reichte er mir die Hand und sagte leise: »Frieden.«

Innerlich platzte ich vor Stolz. Johnny und ich nahmen die Ranzen auf und gingen nach Hause. Bevor wir uns trennten, fasste Johnny meinen Arm und sagte: »Du warst klasse!«

Klar, dass ich mich darüber freute. »Du auch, Johnny. Danke für deine Hilfe.«

Als ich die Haustür öffnete, roch es nach Gebratenem. Mutter hatte frei und bereitete gerade das Mittagsessen zu. Als sie mich sah, erschrak sie. Was denn »um Himmels willen« passiert sei? Ich zögerte. Doch als sie versprach nicht zu schimpfen, erzählte ich ihr, was vorgefallen war. Auch, warum ich die Schule geschwänzt hatte, und dass Johnny mir geholfen hatte.

Mutter stand da, steif wie eine Litfaßsäule. Würde sie ihr Versprechen halten? Schließlich strich sie mir über den Kopf und zog mich an sich. Die Umarmung tat mir gut.

Wir setzten uns an den Tisch und aßen zu Mittag. Es gab mein Lieblingsessen, rote Grützwurst mit Bratkartoffeln. Aber so gut wie an diesem Tag hatte es mir selten geschmeckt.

Als wir fertig gegessen hatten, sagte Mutter, dass ich nicht der Einzige sei, der verdroschen worden wäre. Sie habe über dieses Verhalten mancher einheimischen Jungs auch mit Herbert, mit Herrn Kalinowski, verbesserte sie sich, gesprochen.

»Diese kleine Stadt hatte vor dem Krieg sechs- bis siebentausend Einwohner. Nach Kriegsende hat sich die Einwohnerzahl fast verdoppelt. In nur wenigen Monaten. Wegen der vielen Flüchtlinge. Die meisten kamen aus dem Osten. Aus Ostpreußen und Pommern, wie wir. Wir sprechen einen anderen Dialekt. Sind noch immer Fremde. Obwohl wir in diesem Ort schon einige Jahre leben. Und wir sind arm, wollen aber hier in den Baracken nicht ewig wohnen bleiben. Also müssen wir Geld verdienen. Aber das wollen alle, auch die Einheimischen.«

Mutter dachte einen Moment nach. Dann sagte sie: »Manche Einheimische sprechen nicht gut über uns. Sie fürchten, wir könnten ihnen was wegnehmen. Zum Beispiel eine Arbeitsstelle oder eine Wohnung. Ihre Kinder hören das. Vielleicht verhalten sich einige ihrer Jungs deshalb so.«

Schließlich riet sie mir: »Wir sollten nicht auffallen. Uns allen gegenüber höflich verhalten. Erwachsene grüßen. Verstehst du?« Sie warf mir einen prüfenden Blick zu.

Ich nickte und sagte, dass ich zukünftig mehr darauf achten wolle. Bezweifelte jedoch, ob mir das nützen würde, was ich aber für mich behielt. Und fragte mich, wie Johnny darüber denken würde.

Sie saß anschließend noch lange am Tisch, auch dann noch, als ich bereits Hausaufgaben machte. Etwas schien sie zu beschäftigen. War es das, was sie mir erklärt hatte? Oder weil Johnny mir geholfen hatte?

## 18

Als ich von Laufental wieder besuchte, wirkte er bestens gelaunt. »Du kommst mir gerade recht, Klaus«, sagte er, »komm rein.« Seine Stimme klang warm, der Ton herzlich. Er griff nach meinem Arm und zog mich in seine Unterkunft.

»Du hast geduldig gewartet. Heute ist es soweit«, er wirkte förmlich. »Heute zeige ich dir, was ich dir schon lange zeigen wollte.«

Er ging auf einen eichenen Kleiderschrank zu und schob ihn ohne großen Kraftaufwand zur Seite. Eine Zimmertür kam zum Vorschein. Er öffnete sie. Der Raum war stockdunkel. Es roch nach einem Gemisch von Öl, Terpentin, Lötwasser und Fetten. Von Laufental betätigte den Lichtschalter. Ich sah in eine Werkstatt mit allerlei Maschinen und Geräten. Das Fenster, an das Johnny und ich geklopft hatten, war mit einer dunklen Wolldecke verhängt. Unzählige Werkzeuge lagen der Größe nach geordnet auf einer Werkbank mit Schraubstock, einer Bohrmaschine und Drehbank. Ähnliche Maschinen hatte ich einmal in einer Tischler- und Drechslerwerkstatt auf der anderen Seite des Friedhofs in der schmalen Straße Holländergang gesehen, nur dass diese hier kleiner waren.

»Da staunst du, Klaus, was?« Von Laufental musterte mich.

Ich staunte wirklich. Das also verbarg sich hinter dem abgedunkelten Fenster. Was würde Johnny dazu sagen? Von Laufental bastelte an etwas herum, das war sicher. Er erklärte mir aber nicht, an was. Nur so viel, dass er einen möglichst hohen Luftdruck aufbauen müsse. Er zeigte auf eine eiserne, fußballgroße Kugel, in die ein Ventil eingelötet war.

»Dafür benötigen wir gut funktionierende, stabile Luftpumpen wie diese hier.«

Zwei Pumpen lagen auf der Werkbank. Die wollte er mit meiner Hilfe reparieren. Er nahm eine Rohrzange und schraubte sie auf, zog die Stangen mit den Dichtringen heraus und reichte sie mir. Er wies auf einen Hocker, dessen Sitzfläche mit Pappe abgedeckt war, und sagte, dass ich die Einzelteile darauf ablegen solle.

Ich gab mir Mühe, alles so zu machen, wie von Laufental es wollte. Wir tauschten die alten Dichtringe durch neue aus und bauten die Pumpen wieder zusammen. Als wir damit fertig waren, verließen wir den Raum. Von Laufental schaltete das Licht aus, schloss die Tür und schob den Schrank wieder davor. Ich warf einen Blick auf die Schrankfüße und sah darunter angebrachte Rollen. Von Laufental belohnte meine Dienste mit einem 50-Pfennig-Stück.

»Kino-Geld«, sagte er und lächelte. »Für deine Hilfe.«

# 19

Ich wollte Johnny von dem, was Mutter mir erklärt hatte, und von meinen Besuchen bei von Laufental erzählen. In der Schule hatte ich in den Pausen vergeblich nach ihm Ausschau gehalten. Am Nachmittag schlenderte ich zum Wäscheplatz und sah mich dort nach ihm um. Einige Kinder spielten mit Murmeln, andere bolzten mit einem Ball. Johnny war nicht dabei. Ich ging zurück und klopfte bei Oma Schulzke. Als niemand öffnete, rief ich Johnnys Namen. Stille. Ich öffnete die Tür einen Spalt breit und wiederholte leise seinen Namen. Und als noch immer niemand antwortete, öffnete ich die Tür ganz und betrat, was ich noch nie getan hatte, die Wohnung von Oma Schulzke und Johnny und sah mich um.

Neben dem eisernen Herd stand ein Waschhocker. An der hinteren Wand ein zweiteiliger Küchenschrank. Mitten im Raum Tisch und Stühle. Ein Bett mit eisernem Gestell direkt unterm Fenster. Die kahlen Wände mit himmelblauen Rauten gerollt. Neben dem Küchenschrank eine hölzerne Wanduhr, rechts davon hing eine fliederfarbene Decke über einer gezogenen Schnur. Dahinter vermutete ich Johnnys Bett. Neben der Tür in die Wand geschlagene Nägel, eine Schürze und ein Mantel hingen dort. Eine Peitsche, wie man sie zum Antreiben von Pferden benutzt, lag auf dem Fußboden. Unwillkürlich dachte ich an den Striemen in Johnnys Gesicht. In dem Augenblick hörte ich jemanden schnarchen. Johnny?

»Johnny?«, flüsterte ich und wartete. Stille. Eben wollte

ich die Unterkunft wieder verlassen, da hörte ich Oma Schulzkes schnarrende Stimme.

»Was willst du, Klaus Jankowski?«

Noch nie hatte sie mich nur bei meinem Vornamen gerufen, immer bloß mit vollständigem Namen. Eine hagere, alte Frau, wie immer ein bisschen gekrümmt, schlurfte in Pantoffeln um den Vorhang herum auf mich zu. Sie wirkte missgelaunt. Ich bat um Entschuldigung, einfach hereingekommen zu sein und fragte höflich nach Hans.

»Hans ist nicht da, das siehst du doch. Damit du's weißt, Klaus Jankowski, er wird für eine lange Zeit nicht da sein.«

Sie wedelte mit der Hand in Richtung Tür, als wollte sie eine Katze verscheuchen.

»Aber warum – wo ist er jetzt?«

Statt zu antworten, wedelte sie weiter. Es war eindeutig, ich sollte gehen. Was ich nur widerwillig tat. Ich hörte, wie sie hinter mir die Tür verriegelte.

Verwirrt ging ich zu uns. Johnny nicht mehr da? Für eine lange Zeit? Mein Freund weg, einfach weg, ohne sich von mir zu verabschieden? Schon während ich die Haustür öffnete, fragte ich Mutter, ob sie wisse, was mit Hans geschehen sei.

»Zwei Männer haben Hans abgeholt«, sagte sie.

»Aber warum? Was hat er denn getan? Wohin haben sie ihn denn gebracht?«

»Es tut mir leid, mehr weiß ich auch nicht, Klaus.«

»Es tut dir leid, Mama? Mehr nicht? Mehr kannst du mir nicht sagen, Mama? Du kannst Hans sowieso nicht leiden, das weiß ich.« Mich überraschte meine Heftigkeit.

»Bitte zügele deinen Ton.«

»Hast du gewusst, dass man Hans abholt? Hast du davon gewusst?«

»Jetzt ist es aber genug!«, rief Mutter. Sie sprach im gedämpften Ton weiter. »Nein, das habe ich nicht.«

»Was waren das für Männer? Wohin haben sie ihn gebracht?

»Zwei Herren. Ich weiß nicht wohin.«


Herren vom Jugendamt hätten Hans Schulzke abgeholt, hieß es schon bald im Lager. Frau Schulzke sei »nicht mehr mit Hans fertig geworden.« Es entstand das Gerücht, Hans hätte die Hand gegen seine Großmutter erhoben.

Ich musste an den Striemen in Johnnys Gesicht denken. Hatte er sich vielleicht gewehrt? Sich gewehrt, als Oma Schulzke ihn mit der Peitsche schlug? Hatten seine Finger deshalb gezittert, als er die Packung Zigaretten öffnete?

Johnny fehlte mir. Ich lachte nicht mehr. Das Leben kam mir sinnlos vor. In meinem Kopf kreiste alles um ihn. Ich verließ die Wohnung fast nur noch für die Schule. Danach erledigte ich ohne Ehrgeiz die Schularbeiten, legte mich aufs Bett und versuchte Robinson Crusoe zu lesen, was mir schwerfiel. Ich vergaß, was ich las. Mutter bemerkte, dass ich litt und versuchte mich zu trösten. Es half nichts, ich vermisste Johnny. Die Zeit schien endlos, wie angehalten, sie wollte einfach nicht mehr vergehen.

Um mich abzulenken, besuchte ich von Laufental nun öfter. Einmal pumpte ich Luft in die Kugel. Eine Messuhr zeigte den Druck an. Er stieg Hub um Hub. Aber mehr als sechs Atü erreichte ich nicht, egal, wie ich mich auch abmühte.

»Das ist nicht genug, wir brauchen mindestens zehn«, sagte von Laufental und betrachtete mich, als wüsste er jetzt, dass ich dafür nicht kräftig genug wäre.

»Warum muss der Druck eigentlich so hoch sein, Herr von Laufental? Und wofür wird die Druckluft benötigt?«

Von Laufental ignorierte meine Fragen. Für heute sei es genug, meinte er. Wir verließen die Werkstatt. Er schob den Schrank wieder vor die Tür, griff nach einem Stuhl für mich und goss mir ein Glas Brause ein. Ich setzte mich. Er bräuchte einen Kaffee, sagte er und wandte sich dem Herd zu.

Erstmals nahm ich den Wohnraum genauer wahr. Rechts vom Herd stand ein Hocker, darauf eine emaillierte Waschschüssel. Von der Deckenlampe baumelte eine klebrige Spirale, an der unzählige Fliegen hafteten. Nussbraunes Linoleum bedeckte den Fußboden. Durch die ehemals weiße Gardine am Fenster fiel Tageslicht. Die Wände waren mit zitronengelben Ornamenten gerollt. Abgesehen von zwei Fotografien, waren sie kahl. Eine, goldfarben gerahmt, zeigte eine Frau mit einem Jungen. Sie lächelte ihm zu. Auf der anderen war derselbe Junge, aber älter, als Soldat abgebildet.

Von Laufental setzte sich mir gegenüber und starrte ins Nichts. Ich trank meine Brause und er seinen Kaffee. Wir wechselten kein Wort. Die Stille bedrängte mich zunehmend. Schließlich stand ich auf und sagte, dass ich jetzt gehen müsse.

Da tauchte von Laufental aus einer anscheinend tiefen Selbstvergessenheit auf. »Ja, ja, geh nur«, sagte er zerstreut, und dann, in einem Ton wie klirrendes Glas: »Kein Wort zu niemandem. Es muss erst alles stimmen, fertig sein.«

»Ja, Herr von Laufental.« Wem, außer Johnny, hätte ich auch davon erzählen sollen?

## 21

Als es mit jedem Tag etwas früher dunkel und die Luft kühler wurde, gab ich meinen Vorsatz auf, nie mehr am Landesfürsorgeheim vorbeizugehen. Nach der Schule ging ich nun nicht mehr die Königstraße zum Marktplatz hinunter, sondern schlenderte am Heim entlang und spähte möglichst unauffällig in die vergitterten Fenster. Das machte ich sechs Mal die Woche. Vielleicht war Johnny ja in dieses Heim gebracht worden. Vielleicht benötigte er meine Hilfe, irgendwelche Dinge, Essen, Sachen, was zum Lesen.

In der ersten Woche sah ich weder ihn, noch den Jungen mit dem Namen Lebarsky, noch sonst jemanden. Einmal hörte ich Schreie, angstvolle Schreie, die nicht aufhören wollten. Ich erschrak und spürte Gänsehaut auf Armen und Beinen und wie sie sich auf meinem Rücken ausbreitete. Jetzt, ohne Johnny, kamen mir die Schreie noch unheimlicher vor. Ein anderes Mal dumpfe Rufe, deren Inhalt ich nicht verstand. Manchmal Motorengeräusch, das vermutlich aus dem Innenhof des Heims von abfahrenden oder ankommenden Lastwagen herrührte und zu mir herüberschallte. Ähnlich verlief es in der zweiten Woche. Nur einmal stand ein Fenster offen. Aber in der Zelle war es dunkel und niemand sichtbar. Und hineinzurufen, traute ich mich nicht. In der dritten Woche hörte ich jedoch Stimmen aus einem geöffneten Fenster. Ich blieb stehen und lauschte. War das nicht Johnnys Stimme? Ich rief seinen Namen. Niemand antwortete. Ich rief noch einmal. Diesmal lauter.

Ein Jugendlicher erschien am Fenster. Er trug eine Brille, deren linkes Glas gesprungen war. Sein kupferfarbenes

Haar war sorgfältig gescheitelt. Er legte den Zeigefinger an den Mund und zischelte: »Was schreist du hier herum?«

»Ich dachte, ich hätte meinen Freund gehört«, erwiderte ich leise.

»Wie heißt dein Freund?«

Ich schöpfte Hoffnung. »Johnny. Nein, nicht Johnny, das ist sein Spitzname. Sein richtiger Name ist Hans Schulzke.«

Der Jugendliche verschwand nach innen. Ich hörte, wie er jemanden fragte: »Heißt du Hans Schulzke?« Jemand kicherte. Dann eine andere Stimme: »Rotfuchs, frag nach Zigaretten.« Kurz darauf erschien der Junge wieder am Fenster.

»Nein, mein Kumpel heißt anders. Hast du Zigaretten?«

»Nein.«

»Kannst du welche besorgen?«

Als ich auch das verneinte, sagte er: »Nächstes Mal kommst du nicht ohne Zigaretten! Verschwinde!«

Niedergeschlagen machte ich mich auf den Heimweg.

Aber noch gab ich nicht auf. Am Tag drauf versuchte ich es erneut. Ich hatte meinen Ausspähgang gerade wieder mal ergebnislos beendet, als ich einem Wärter direkt in die Arme lief. Ich versuchte ihm auszuweichen, aber er verstellte mir den Weg.

»Wie heißt du?«, fragte er barsch.

Ich erkannte ihn an seiner Stimme. Es war Petersen, der den Jungen im Deichvorland gepeinigt hatte. Er sah zu mir herunter. Ich blickte in kalte Augen, die mich anpeilten, als wäre ich ein gesuchter Dieb.

Ich nannte meinen Namen.

»Sag mal, Bursche, warum guckst du in unsere Fenster?«

»Nur so.« Ich verbarg meine Nervosität.

»Nur so? Und warum so oft?«

»Tue ich doch gar nicht«, sagte ich etwas zu laut.

»Doch das tust du«, sagte er streng. »Wir haben dich dabei beobachtet.«

Sollte ich ihn nach Johnny fragen? Mein Bauchgefühl riet mir davon ab. »Nein, das tue ich nicht. Jedenfalls nicht bewusst. Bestimmt nicht.«

»Und warum hast du gestern einen Heiminsassen angesprochen, obwohl das strengstens verboten ist und bestraft werden kann?« Seine Augen verengten sich zu schmalen Schlitzen.

»Weil sie mich nach Zigaretten fragten.« Ich hielt seinem Blick stand.

»Verschwinde und lass dich hier nicht noch einmal sehen«, sagte er scharf. Er trat zur Seite.

Von da an mied ich das Heim wieder. Stattdessen wanderte ich auf dem Deich entlang und suchte das Elbvorland mit den Augen ab. Einmal sah ich auch eine Gruppe Jugendliche aus dem Landesfürsorgeheim dort arbeiten, aber Johnny war nicht dabei.

## 22

Das Jahr endete ohne Johnny, ohne auch nur das kleinste Zeichen von ihm. Wo steckte er? Wie es ihm wohl ging? Würde er jemals wieder hier auftauchen? Allmählich schwand meine Hoffnung, ihn jemals wiederzusehen.

Die Besuche bei von Laufental lenkten meine Gedanken für ein paar Stunden in eine andere Richtung. Nach und nach weihte er mich in seine Pläne ein. Trotzdem verstand ich nicht wirklich, was er vorhatte. Eines Tages jedoch wurde er zum ersten Mal konkret.

»Druckluft wird von hier«, von Laufental berührte die Kugel mit einer Bleistiftspitze und fuhr mit ihr an einem kupfernen Rohr entlang, »über dieses Röhrchen dem Motor zugeführt.« Er tippte auf einen Metallkörper, der etwa die Größe von drei aneinander gehaltenen Männerfäusten hatte. »Drei Kolben treiben die Kurbelwelle an«, erklärte er weiter. »Über eine Kupplung oder Riemenscheibe kann etwas angetrieben werden.«

»Wie bei einer Dampfmaschine?«, fragte ich.

»Ja, aber in meinem Motor wird nichts verbrannt.« In Laufentals Augen zeigte sich ein seltsames Leuchten.

»Das sind die Kolben.« Er wies auf sie. Dann nahm er einen in die Hand, klopfte mit dem Zeigefinger gegen den Kolbenboden und sagte: »Dieser Sitz muss eingeschliffen werden. Für drei Kolben braucht das viel Zeit. Deshalb ist es gut, dass du mir hilfst.«

Warum erklärte von Laufental es mir nicht genauer? In seinem Motor würde nichts verbrannt? Bräuchte der keinen

Dampf? Lief der ohne Benzin? Ich beschloss abzuwarten, ihn nicht zu fragen.

Es war mühsam, die Kolben unter leichtem Anpressdruck über die feine Schleifpaste hin und her zu bewegen. Nach etwa zwei Stunden unterbrach von Laufental die Arbeit. Er seufzte und legte seinen Kolben auf ein altes Handtuch ab.

»Weißt du, warum wir den Krieg verloren haben?«

Die Frage kam wie ein Geschoss aus seinem Mund. Plötzlich stand ein anderer Mann vor mir, stocksteif und bitterernst. Ich wollte etwas über die Alliierten sagen, die sich gegen Hitler verbündet hatten, was Mutter mir erzählt hatte, aber ich kam nicht dazu.

»Weil wir in unserem deutschen Land keine Ölvorkommen haben. Weil unsere Panzer und Fahrzeuge nicht genügend Treibstoff hatten. An den deutschen Truppen hat es nicht gelegen. Der Kampfeswille unserer Soldaten war bis zur letzten Minute, bis zur letzten Patrone ungebrochen. Es fehlte der Brennstoff, das war's, mein Junge, das zwang uns in die Knie.«

Er erhob sich, knöpfte überhastet sein Hemd auf, streifte es ab und zeigte auf eine Tätowierung auf der Innenseite seines linken Oberarms. Ich sah zwei große, gezackte S und einen Buchstaben. Im gleichen Moment verzerrte sich sein Gesicht, eine messerscharfe Falte, ähnlich einer langen Narbe, lief vom rechten Auge an der Nasenwurzel vorbei bis hinunter zum Mundwinkel. Er presste die Kiefer zusammen, bis seine Zähne knirschten, und sagte: »Um einen meiner Männer zu töten, benötigte der Feind zehn seiner Soldaten. Wir waren«, seine Stimme änderte sich, er sprach abgehackt, lauter und eindringlicher, »flink wie Windhunde, zäh wie Leder, hart wie Kruppstahl.«

Im Kino war in einer Wochenschau einmal über die Erschießung unschuldiger Menschen von Offizieren der SS berichtet worden. Ich starrte von Laufental an. Er war mir unheimlich. Im gleichen Moment wurde er sich seiner Wirkung offenbar bewusst. Sein Gesicht entspannte sich. Bedächtig zog er sich das Hemd wieder an. Als er die Manschetten zuknöpfte, zitterten seine Finger. Er saß dann eine Weile schweigend da.

War ihm sein Verhalten peinlich? Und wenn, was genau hätte er lieber nicht gesagt oder gemacht? Was würde Johnny darüber denken?

»Komm«, seine Stimme klang wieder wie sonst, »für heute machen wir Schluss, Klaus.« Mit diesen Worten stand er auf und begann aufzuräumen. Er reichte mir einen Besen. Ich fegte den Fußboden. Danach verließen wir die Werkstatt. Von Laufental löschte das Licht, schloss die Tür und schob den Schrank wieder davor.

»Setz dich doch. Magst du Brause trinken?« Er lächelte.

Ich bejahte und setzte mich. Er schenkte mir ein Glas ein und bereitete für sich eine Tasse Tee zu.

»Es dauert noch. Monate, wenn es gut läuft, Jahre, wenn es nicht so gut läuft, Klaus. Aber eines Tages sind wir gefragt.« Er setzte sich mir gegenüber. »Reist du gerne, Klaus?«

Ich war noch nie gereist, kannte weder Hamburg noch Schleswig, weder Lübeck noch Kiel. Johnny kam mir in den Sinn. »Ich würde gerne mal mit dem Zug nach Hamburg fahren, die Landungsbrücken, den Hafen und Schiffe sehen. «

»Hamburg? Ja, vielleicht. Aber merke dir: Kein Wort zu niemandem.«

Ich spürte, wie wichtig ihm das war, und versprach, mich daran zu halten. Wieder gab er mir Geld fürs Kino. Trotzdem beschloss ich, von Laufental nicht mehr zu besuchen.

## 23

Johnny blieb verschwunden. Täglich musste ich an ihn denken. Das bedrückende Gefühl, ich würde ihn vielleicht nie wiedersehen, nahm zu.

Da passierte etwas, was ich niemals für möglich gehalten hätte. Veronika lebte nicht mehr. Sie war an einer Lungenentzündung gestorben. Das Mädchen mit den Engelshaaren, dem Feengesicht, das einzige Kind unserer Nachbarin Frau Dittmer, war tot.

Morgens hatte Mutter mich noch gefragt, ob ich den Uhu rufen gehört hätte. Hatte ich nicht. Mein Schlaf war tief gewesen. Da erfuhr ich von Mutter, dass, wenn ein Uhu riefe, jemand sterben würde. So sage man. Selbst glaube sie aber nicht daran. Am Nachmittag erfuhren wir, dass Veronika in der Nacht gestorben war.

Einmal waren Veronika und ich uns am Elbstrand begegnet. Zufällig. Sie könne nicht schwimmen, ob ich es ihr beibringen würde, fragte sie. Veronika, ein Mädchen, so verletzlich schön, mit einem Lachen wie ein Frühlingslied, so hell, so fröhlich, bat mich, ihr das Schwimmen beizubringen.

»Klar«, sagte ich. Sie ergriff meine Hand, die heiß wurde und binnen kurzem zu schwitzen begann. Wir liefen den Deich hinunter zum Wasser, und hinein. Es spritzte und platschte. Ich schwamm ihr vor, zeigte ihr, wie es ging. Sie beugte den Oberkörper nach vorn und hob ein Bein. Ich ging in die Hocke und streckte beide Arme aus. Veronika legte sich darauf. Sie stellte sich klug an, lernte schnell. Sagte, dass es ja einfach sei, lange nicht so schwer, wie sie gedacht hätte. Sie lachte viel und ich lachte mit. Nach einer guten Stunde schwamm sie bereits eine beachtliche Anzahl Züge ohne Unterstützung.

Seit dieser Begegnung liebte ich Veronika. Es war eine Liebe, von der niemand wusste. Nie hätte ich mich getraut, sie zu fragen, ob sie mit mir etwas unternehmen wolle. Nur einmal spielten wir zusammen mit Marita und Wolfgang, zwei anderen Kindern aus dem Lager, ein von uns erdachtes Frage-und-Antwort-Ballspiel, das wir »In einer blanken Dose« nannten. Veronika begann: »In einer blanken Dose.« Sie warf mir den Ball zu. Ich warf den Ball zurück und fragte: »Was ist darin verborgen?« Sie sagte: »Zwei junge Herren.« Ich fragte: »Wie heißen sie mit Namen?« Sie antwortete: »Klaus und Wolfgang.« Ich zögerte, meine Atmung beschleunigte sich, dann stellte ich leise die Frage, die das Spiel verlangte: »Wen davon magst du am liebsten?« Sie nannte meinen Namen, was mich erleichterte und freute, aber unendlich verlegen machte. Als sie fragte, ob ich mal heiraten wolle, suchte sie meinen Blick. Was würde ich sagen? Aber anstatt sie anzusehen, schlug ich die Augen nieder und errötete.

»Also ja?«, fragte sie. Ich nickte.

»Gut. Wen von uns, Klaus? Marita oder mich?«

Ich brachte kein Wort heraus.

»Mich etwa?« Sie sah mich an und lachte.

Da hielt ich es nicht mehr aus. »Ja. Ich muss jetzt aber nach Haus, Schularbeiten machen.« Ich warf ihr den Ball zurück und lief los, wandte mich noch einmal um und rief: »Ja, dich.«

Die Kinder im Lager durften Veronika ein letztes Mal sehen. Frau Dittmer wollte das so. Es war ein wolkenverhangener Spätsommertag, aber es regnete nicht, ein frischer Wind ging. Die Blätter der Bäume und Büsche säuselten, als flüsterten sie miteinander über den Tod Veronikas.

Wir warteten auf Frau Dittmer vor der Leichenhalle. Es waren nur wenige Kinder gekommen. Eines brachte eine einarmige Puppe mit, ein anderes einen kleinen, abgegriffenen Teddy. Als Frau Dittmer kam, senkten wir unsere Köpfe. Sie trug ein schwarzes Kopftuch, weinte still und sagte leise: »Guten Abend, Kinder. Kommt, jetzt sagen wir Veronika ein letztes Mal Tschüss«, und öffnete die Tür.

Wir gingen mit zögernden, kleinen Schritten hinein. Es roch nach Kerzenwachs und Reinigungsmittel. Inmitten der Halle stand der offene hölzerne Sarg. Das Tragegestell war mit weißem Leinentuch abgedeckt. Links und rechts vom Sarg brannten jeweils zwei hohe Kerzen, deren Flammen im Luftstrom flackerten. Veronika war bis zur Brust zugedeckt, ihre Arme lagen auf einer weißen Decke. Die gefalteten Hände hielten blaue und weiße Vergissmeinnicht. Ihr Gesicht sah aus, als lebte sie. Ich ging näher, noch näher, sah genau hin. Sie atmete nicht. Sie war wirklich tot.

Jedes Kind verabschiedete sich auf seine Weise. Ein Mädchen sagte gut verständlich: »Tschüss, Veronika.« Eines bewegte stumm die Lippen. Ein anderes knickste, wandte sich um und verließ eilig die Halle. Helga erschien, nickte mir zu, verharrte eine Weile schweigend vor dem Sarg und legte eine Puppe zu Veronika, gleich neben ihren Kopf. Ich tat nichts, stand nur da, hatte Gänsehaut und zitterte, wollte immer noch nicht glauben, dass sie tot war, dass sie mir nie mehr zuwinken würde, nie mehr mit mir sprechen, dass ich sie niemals wiedersehen würde.

In der Nacht lag ich lange wach. Bilder zogen im Wechsel,

mal verschwommen, mal deutlicher, vor meinem inneren Auge vorüber, als säße ich in einem fahrenden Zug und würde aus dem Fenster sehen. Veronika und ich saßen nebeneinander auf einer Decke am Elbstrand und zählten die über unseren Köpfen dahinsegelnden Möwen. Plötzlich saß Johnny neben mir, dann wieder Veronika. Johnny ernst, mit traurigem Gesicht. Veronika aber lachte, lachte so hell und klar, als würde sie noch leben. Als wäre ihr Tod nur ein schlechter Traum gewesen.

# 24

Als ich am Tag darauf nach Schulschluss nach Hause ging, hörte ich kurz vor dem Stadtpark plötzlich Schritte hinter mir. Ich blieb stehen. Jemand stupste mich von hinten. Ich drehte mich um und blickte in Johnnys Gesicht. Er stand da, als wäre er gar nicht weggewesen. Nach so langer Zeit! Wir starrten einander an. Er sah verändert aus, größer, noch knochiger, blass, mit dunklen Ringen unter den Augen. Die Haare waren extrem kurz geschnitten. Schließlich sagte er: »Komm!« Ohne ein weiteres Wort zu wechseln, gingen wir nebeneinander her in den Stadtpark.

Wo war Johnny nur so lange gewesen? Warum hatte er sich nie gemeldet? Ich wurde zornig. Es begann in meinem Kopf und verteilte sich im ganzen Körper. Und auf einmal wandelte sich dieser Zorn zu einer Empörung, zu einer Empörung, die nicht länger schweigen wollte.

»Bleib endlich stehen«, sagte ich laut und fordernd.

Johnny wandte sich mir zu. Ich griff mit beiden Händen nach seiner Windjacke, zog daran, als wäre nicht er, sondern ich der Größere und Stärkere. »Du bist ein Jahr weggewesen! Und hast mir nicht eine einzige Zeile geschrieben! Du willst mein Freund sein? Kein Freund verhält sich so! Niemals!«

Johnny sah mich an, schwieg aber.

Ich boxte ihn in die Seiten, gegen die Brust. Er wehrte sich nicht, egal, was ich tat, egal, was ich sagte. Schließlich lief ich davon.

Johnny rief mir nach: »Warte, Klaus! Bleib stehen!«

Seine Stimme klang dunkler, rauer als früher.

»Ich weiß, aber …«

Ich lief weiter, verließ die Parkanlage, überquerte die Straße, noch ein paar Schritte und ich war zuhause. Ich schloss die Tür auf und öffnete sie mit einem kräftigen Ruck, schlug sie hinter mir zu, warf mich aufs Bett und weinte.

Und doch waren Johnny und ich nach einer Woche schon wieder unzertrennlich. Obwohl er mir nicht erzählt hatte, warum er so lange weggewesen war und auch nicht wo er gewesen war. Warum er keinen Brief, nicht einmal eine Karte geschrieben hatte. Ich war einfach nur froh, dass er wieder da war.

Anfangs fragte ich ihn, wo er so lange gewesen sei? Er könne nicht darüber reden, war seine Antwort. Ich gab mich damit nicht zufrieden, fragte immer mal wieder, bis er mit bebender Stimme sagte: »Wenn ich es dir wirklich erzählen müsste, würde ich dich belügen. Dich belügen müssen. Weil ich dir die Wahrheit nicht erzählen kann. Weil ich die Wahrheit niemandem erzählen kann. Und da ich dich nicht belügen will, solltest du endlich damit aufhören, mich zu löchern.« Dann brach seine Stimme. Er drückte sein Kinn gegen die Brust und drehte den Kopf so weit nach links, bis das Kinn die Schulter berührte. Ich sah, dass er nicht weinen wollte. Sein zuckender Mund und dieser Blick, der mich anzuflehen schien, bewirkten, dass ich aufhörte, ihn zu fragen, dass ich mich schämte, und dass ich ihn nie mehr danach fragte.

Der Herbstwind blies nasskalte Luft durch unser Lager. Am späten Nachmittag rauchten die ersten Schornsteine.

Johnny und ich kickten mit einem Ball in unserer Straße, als der Unfall passierte.

Uwe Groth, so erfuhren wir später, hatte einen Schulkameraden im Lager der Ballhausstraße besucht und sich auf dem Heimweg befunden. Der führte an dem eingerüsteten Haus am Beginn unserer Straße vorbei, dessen Dach neu gedeckt wurde. Als Uwe an dem Gerüst entlang ging, rollte ein langer Zimmermannsnagel vom Dach, fiel erst auf die Bretter des Gerüsts, von dort hinunter, und durchstach sein Auge in dem Moment, als er wegen des Geräusches nach oben blickte.

Ein herbeigerufener Arzt untersuchte Uwe. Wenig später hob er den Kopf und deckte Uwe mit einer Decke zu. Uwe, der im Kino die Einlasskarten kontrollierte, bei dem Johnny und ich Fix und Foxi gesehen hatten, der vielleicht Regisseur geworden wäre, war tot.

Das verstörte uns. Johnny und ich standen eng zusammen und schwiegen. Ich dachte an Veronika, sah nach oben und suchte den Himmel ab. Wind riss die graue Wolkendecke an einer Stelle auf. Und für einen winzigen Moment glaubte ich, ihr Gesicht zu sehen. Ich stupste Johnny und fragte: »Glaubst du an Gott? Könnte Veronika irgendwo da oben im Himmel sein?« Ich blickte kurz hoch, dann wieder zu ihm.

Johnny sah mich ungewöhnlich lange an, als suchte er etwas in meinem Gesicht, in meinem Blick.

»Ja«, sagte er schließlich, und in einem Ton, der keinen Zweifel zuließ, fügte er hinzu: »Veronika ist im Himmel, wo sonst.«

»Betest du zu Jesus oder zum lieben Gott?«, fragte ich.

Johnny hielt seinen Kopf schräg. In dem Moment rief

Oma Schulzke ihn rein. Johnny, der sonst versuchte, noch länger draußen zu bleiben, schien diesmal über die Aufforderung seiner Oma erleichtert zu sein. »Ein anderes Mal«, sagte er und rannte los.

## 25

Als wäre Johnny der Unterschied zwischen den einheimischen Kindern und uns während seiner Zeit im Heim noch deutlicher geworden, organisierte er gleich zwei Kämpfe: Ein Fußballmatch und eine Erdklumpen-Schlacht.

Das brachte uns auf andere Gedanken, und wir vergaßen das über Gott begonnene Gespräch. Johnny spielte gegen Hansi Burmeister, der gegenüber dem Lager in einem zweistöckigen Einfamilienhaus wohnte, aber nie zu uns herüberkam, nie mit uns sprach. Hansi besaß ständig neue Spielsachen, trug stets schicke blaue Nietenhosen. Als Hansi in seinem Garten wieder mal allein mit einem ledernen Fußball herumkickte, ließ Johnny sich dazu hinreißen, Hansi zu sagen, dass er gegen ihn nicht gewinnen könne. Auch dann nicht, wenn Johnny barfuß spielte. Hansi reagierte zum ersten Mal.

»Das glaubst du doch selber nicht.«

Sie verabredeten ein Match.

Hansi betrat die Wiese in HSV-Kluft. Johnny hatte seine normalen Alltagsklamotten an, eine Paketschnur hielt seine Hose. Er war barfuß. Hansi trug Fußballschuhe. Gespielt wurde auf Tore, die einen Meter breit waren. Zwei in den Erdboden gesteckte Stöcke waren die Pfosten. Zeit: eine Stunde.

Kinder aus allen Baracken unseres Lagers sahen zu, auch Helga Schmidtke, mit der ich mich wegen unseres Geheimnisses auf besondere Weise verbunden fühlte. Auch ein paar Männer, die entweder arbeitslos waren oder einen freien Tag hatten, waren gekommen, sogar der alte Müller. Einer hatte eine Trillerpfeife dabei, er pfiff das Spiel.

Helga stand neben mir. Anpfiff. Wir feuerten Johnny an. Es war ein spannender Kampf. Mal führte Hansi, mal Johnny. Beide gaben alles, beide wollten unbedingt gewinnen. Fiel ein Tor für Hansi, herrschte Stille. Schoss Johnny eines, riefen alle begeistert: »Toooor!« Trotzdem ging die erste Halbzeit an Hansi.

In der Pause saß Johnny nassgeschwitzt im Gras. Helga hatte Wasser dabei und reichte ihm die Flasche. Ohne auch nur ein einziges Mal abzusetzen, leerte er sie.

Hansi saß hinter seinem Tor und stärkte sich mit einem Apfel.

Die zweite Halbzeit. Johnny versuchte gleich zu Beginn auszugleichen. Aber der Schuss aus der Distanz ging am Tor vorbei. Wieder ging es hin und her, mal hatte Hansi eine Torchance, mal Johnny. Aber es fiel kein Tor. Irgendwann schrie Johnny auf. Hansi hatte ihm auf den Fuß getreten. Er beteuerte, dass es ihm aus Versehen passiert sei und leidtue. Er streckte Johnny die Hand entgegen. Der nahm die Entschuldigung an. Das Spiel ging weiter. Johnny bekam den Ball. Er hinkte ein bisschen, ein Zeh blutete. Hansi nahm ihm den Ball ab und schoss ein weiteres Tor. Die Zuschauer wurden leiser. Doch als hätte Johnny sich allmählich an den Schmerz gewöhnt, drehte er kurz vor Spielende noch einmal richtig auf, trickste links, dann rechts, spielte Hansi buchstäblich schwindelig, schoss und traf. Tor! Er nahm Hansi den Ball dann noch einmal ab, dribbelte um ihn herum und schoss sofort. Tor! Ausgleich. Der Schiedsrichter blickte auf die Uhr. Dann ein gellender Pfiff. Aus! Johnny hatte es geschafft. Hansi hatte nicht gewonnen. Sie hatten unentschieden gespielt, und doch fühlte es sich an wie ein Sieg.

In dem Moment spürte ich, dass Johnnys Kampfgeist und sein Durchhaltevermögen allen imponierte, den Kindern und den Erwachsenen. Helga umfasste mein Handgelenk und drückte es fest. Ich war stolz auf Johnny. Helga auch, das merkte ich daran, wie sie Johnny anhimmelte.

Noch in derselben Woche begann an einem Nachmittag die Erdklumpen-Schlacht. Die Kinder aus der Seidelstraße gegen uns aus dem Lager. Einheimische gegen Flüchtlinge. Die Gruppe, die ein weißes Taschentuch zuerst zeigte, hätte verloren. So war die Abmachung. Johnny hatte das mit dem Jungen ausgehandelt, den er meinetwegen einmal vermöbelt hatte.

Johnny und ich lagen nebeneinander in einem frisch ausgehobenen Graben. Vor uns ein schützender Erdhügel. Hier fand ich passende Klumpen. Sie sollten nicht zu groß sein, aber auch nicht zu klein, sollten gut in der Hand liegen. Johnny bewarf unseren Gegner. Klumpen flogen hin und her. Eine richtige Schlacht entstand. Sie dauerte an, keine Seite gab auf. Immer mehr Klumpen wurden geworfen. Irgendwann schrie jemand laut auf. Es war der kleine Kitty, ein Junge, der zu einer Familie mit sieben Kindern gehörte. Er, der jüngste von seinen Geschwistern, wollte unbedingt dabei sein, obwohl er noch gar nicht richtig werfen konnte. Er blutete an der Stirn.

Johnny zog sein Unterhemd aus und hielt es am ausgestreckten Arm hoch. Kurz darauf verließ er die Deckung. Klumpen flogen auf ihn zu. Er wich ihnen geschickt aus. Aber dann war Schluss und die Einheimischen jubelten. »Wir-haben-gewonnen«-Rufe, waren zu hören, »die Baracken-Gören geschlagen.«

Wir begleiteten Kitty, dessen Nase mittlerweile auch zu bluten schien, zum Wäscheplatz. Dort säuberten wir die Wunde und sein Gesicht mit Wasser. Kitty verzog keine Miene. Es war nur eine winzige Platzwunde.

Um sicher zu gehen, dass Kitty für die weitere Versorgung zu seiner Mutter ging, begleiteten wir ihn bis zu seiner Unterkunft und warteten, bis er reinging.

Die Niederlage wurmte uns beide. Bevor wir uns trennten, verabredeten wir morgen Nachmittag Ballkontrolle zu üben.

## 26

Seit der verlorenen Erdklumpen-Schlacht trainierten Johnny und ich fast täglich mit dem Ball. Das half uns die Schlappe schneller zu verdauen.

Auch an jenem Abend übten wir auf der Straße, den Ball mit dem Fuß, der Brust oder dem Kopf anzunehmen und möglichst schnell und sicher zu kontrollieren. Insgeheim war ich Helmut Rahn, wenn ich schoss und Fritz Walter, wenn ich trickste.

Als der »Gasmann« auf seinem Fahrrad angefahren kam, um die an der Straße stehenden Gaslaternen anzuzünden, wollte ich eigentlich reingehen. Doch Johnny bat mich, noch draußen zu bleiben. Er müsse für seine Großmutter noch etwas einkaufen, ob ich ihn begleiten könne.

Klar, konnte ich.

Wir gingen um die Ecke zu Hohn, einem Lebensmittelgeschäft, und betraten den Laden. Vor uns standen ein paar Kunden. Eine ältere Verkäuferin mit Dutt-Frisur und eine jüngere mit Silberblick bedienten. Hinter uns war ein Hochregal, vollgestapelt mit Zigarettenschachteln. Die jüngere wog Waren ab und wickelte sie ein, als plötzlich ein prasselndes Geräusch ertönte. Ich drehte mich um. Unzählige Zigarettenschachteln bedeckten den gefliesten Boden.

Ich sah zu Johnny. Sein Gesicht nahm eine feuerrote Farbe an. Er bat die Verkäuferinnen um Entschuldigung. Er sei versehentlich mit dem Rücken an das Regal gekommen, versicherte er.

Johnny und ich sammelten die Schachteln auf, ein weiterer Kunde half. Wir legten sie zurück ins Regal, stapelten sie auf- und nebeneinander, streng überwacht von der älteren Verkäuferin, die sogleich um die Theke geeilt war. Ich bekam den Eindruck, dass sie Ähnliches schon erlebt und schlechte Erfahrungen gemacht hatte.

Ruckzuck sah das Regal wieder aus wie zuvor. Johnny kaufte ein halbes Pfund Marmelade, die die Verkäuferin mit einem Holzlöffel aus einem Fass herausholte und in eine Pappschale gab, eine Tüte Zucker aus dem Sack und ein Feinbrot. Er bat die Frau mit dem Silberblick, den Geldbetrag auf Frau Schulzke anzuschreiben, womit sie einverstanden war.

Draußen fragte ich Johnny: »Ist dir das Misstrauen der Verkäuferin aufgefallen?«

»Ja, aber gemerkt hat sie trotzdem nichts.«

»Was hat sie nicht gemerkt?« Ich blickte ihn verwundert an.

Johnny beugte sich nach unten, fummelte am Hosenbein seiner Trainingshose herum und hielt einen Augenblick später triumphierend eine Schachtel Zigaretten hoch.

»Na, was sagst du nun?«

Ich dachte sofort an Mutter. War es das, was sie an Johnny nicht mochte? Bestahl er auch seine Großmutter? War Johnny deshalb von Männern des Jugendamts abgeholt worden?

»Hast du die geklaut?«

»Mitgenommen hört sich besser an. Fürs Einsammeln verdient.«

»Bist du absichtlich gegen das Regal gekommen?«

Johnny reagierte nicht.

Aber als ich die Frage wiederholte, sagte er verstimmt: »Beende dein Verhör. Überleg lieber, was wir Silvester machen könnten.«

Die Antwort ärgerte mich. Ich sah ihn an und sagte mit großer Entschiedenheit, die mich selbst überraschte: »Ich will nicht, dass du klaust. Weil ich nicht will, dass du wieder in ein Heim kommst. Wenn du das noch einmal machst, können wir keine Freunde mehr sein.«

Johnny schwieg dazu. Wir schlichen nach Hause und trennten uns wortlos.

Am nächsten Tag war Johnny abgetaucht. Ich sah ihn weder in der Schule noch im Lager. Ich verbrachte die Pausen mit einem Klassenkameraden. Nachmittags spielte ich mit anderen Kindern. Das ging die ganze Woche so. War Johnny vielleicht krank? Auch am Wochenende war er nicht draußen. Er begann mir zu fehlen, allerdings klopfte ich nicht bei Schulzke.

Erst am Montag sah ich Johnny wieder, während ich mit einem Klassenkameraden in der letzten Pause auf dem Schulhof umherspazierte. Johnny stand allein in einer Ecke am Ende des Schulgebäudes und rauchte. Als er mich sah, trat er seine Kippe aus und rief nach mir.

Ich bat meinen Klassenkameraden vorzugehen und blieb stehen.

Johnny kam langsam auf mich zu, kickte einen kleinen Stein aus dem Weg und noch einen, bevor er ein paar Meter vor mir stehenblieb.

»Du weißt schon, wegen letzter Woche«, begann er und räusperte sich. Er wich meinem Blick aus, wirkte bedrückt.

»Ich hätte das nicht tun sollen. Du weißt schon«, sagte er leise.

Damit war alles gesagt, was zwischen uns stand.

Jetzt sah er mich an. »Sehen wir uns heute Nachmittag auf dem Wäscheplatz?«

Es klang wie eine Bitte.

»Klar«, sagte ich.

## 27

Auf dem Wäscheplatz spielten wir in den Wochen vor Weihnachten täglich Völkerball. Auch die Mädchen spielten mit. Helga Schmidtke zeigte sich als wendige Kämpferin. Sie war jedes Mal die Vorletzte oder sogar Letzte im Feld. Sie gefiel Johnny, das war offensichtlich. Wir quatschten viel miteinander, über die Schule, übers Lager und über Kinofilme.

Als Johnny und ich uns am letzten Tag des Jahres, 1955, nachmittags wieder auf dem Wäscheplatz trafen, übte Helga auf ihrem Fahrrad artistische Posen. Wir sahen zu. Helga bewegte sich daraufhin noch geschmeidiger. Während sie fuhr, setzte sie sich vom Sattel auf den Gepäckträger und wieder zurück. Schwang ein Bein über den Sattel und stand mit beiden Füßen für eine Weile nur auf einem Pedal. Bevor das Fahrrad stoppte, schwang sie ihr Bein wieder zurück, nahm wieder Fahrt auf, kniete sich mit beiden Beinen auf den Gepäckträger und setzte sich von dort zurück auf den Sattel. Ihr Rock flatterte im Wind. Das offene, strohblonde Haar war zerzaust.

Auf dem Höhepunkt ihrer Vorführung lenkte sie nur mit einer Hand. Den freien Arm streckte sie nach vorne aus, über den Lenker hinweg. Gleichzeitig kniete sie mit einem Bein auf dem Sattel und streckte das andere nach hinten aus. Für ein paar Sekunden hielt sie die Balance, dann rutschte ihr Knie vom Sattel und sie stürzte. Johnny half Helga aufzustehen. Ich richtete das Fahrrad auf. Sie lachte betreten und dankte uns. Während sie die Hände von Schmutz befreite, Rock und Strümpfe säuberte, fragte sie: »Meine Herren, wer von euch möchte nun seine Kunststücke vorführen?« Erst blickte sie zu Johnny, dann zu mir und dann wieder zu Johnny.

Johnny grinste breit. »Dann wollen wir mal.« Er nahm mir das Fahrrad aus der Hand und fuhr zuerst ein paar Runden im Kreis, um sich ans Rad zu gewöhnen, wie er sagte. Dann führte er Helgas Figuren vor. Auch die letzte, nur eine Hand am Lenker und ein Knie auf dem Sattel. In dieser Haltung schaffte er zwei Runden. Beeindruckt applaudierten wir. Zum Schluss vollführte Johnny einen Handstand auf dem fahrenden Rad. Mit einer Hand umfasste er den Lenker am Drehpunkt, mit der anderen stützte er sich auf dem Sattel ab und drückte seinen Körper senkrecht in die Höhe. Wir staunten und klatschten.

Johnny sprang vom Rad, verbeugte sich und sagte mit gespieltem Ernst: »Danke, meine Dame, danke, mein Herr!«

Helga fragte Johnny, warum er sein Gleichgewicht so gut halten könne. Bereitwillig erklärte er, worauf er besonders achtete.

Helga schien alles einzuleuchten, was Johnny sagte. Sie hing geradezu an seinen Lippen. Dann fragte sie, was wir heute Abend vorhätten. Und da wir keinen Plan hatten, lud sie uns zu sich ein. Ihre Eltern seien bei Nachbarn zum Feiern. Sie würde für Getränke sorgen und etwas zum Knabbern hätte sie auch. Wir könnten Spiele spielen und Radio hören, sagte sie. Johnny blickte mich an. Und da ich wusste, dass Mutter und Herr Kalinowski auch den Abend mit Nachbarn verbringen wollten, freute mich Helgas Einladung.

Am frühen Abend klopften wir an Schmidtkes Tür. Johnny trug ein frischgewaschenes Hemd, geputzte Schuhe. Ich hatte gebadet und saubere Sachen angezogen.

Helga empfing uns mit einem Lächeln. Sie hatte roten Lippenstift aufgelegt, ihr Haar zu Zöpfen geflochten und mit glitzernden Spangen zusammengebunden. Ihr schlichtes Kleid mit dem kleinen Ausschnitt betonte ihre Figur. Von der Hüfte abwärts war es glockenförmig ausgestellt und endete kurz über dem Knie. Die Wimpern schienen mir schwärzer als sonst. Dunkle Brauen verstärkten den Ausdruck ihrer Augen. Ich starrte sie an und konnte den Blick nicht abwenden, stand nur beeindruckt da und bestaunte das schöne Mädchen.

»Mensch, Helga, du siehst toll aus«, rutschte mir heraus.

»Ja, find ich auch, Helga«, schloss Johnny sich mir an. »Große Klasse, ehrlich, toll«, fügte er noch hinzu.

Helga errötete. »Danke«, sagte sie verlegen und lächelte. Und einen Augenblick lang zeigte sie ihre weißen Zähne und ein bisschen rosafarbenes Zahnfleisch.

Sie bat uns herein. Es roch nach Hund. Pascha kam uns entgegen. Er schnupperte kurz an unseren Beinen, ging zurück auf seine Decke und schlief weiter.

»Setzt euch doch.« Helga machte eine einladende Geste.

Der Tisch war mit einem geblümten Wachstuch gedeckt. Mittendrauf stand ein mit gelblicher Flüssigkeit gefüllter Kochtopf. Helga rührte mit einer Suppenkelle darin herum und füllte drei Gläser.

»Ananasbowle«, sagte sie. »Hoffentlich schmeckt sie euch.«

Als Helga sich zu uns setzte, raschelte es. Das käme von ihrem Petticoat, sagte sie. Wir stießen an. Im Glas schwammen Ananasstückchen. Ich trank und zerbiss sie genüsslich. Zum ersten Mal probierte ich ein alkoholisches Getränk. Mutter wäre damit nicht einverstanden, das wusste ich. Es war eine Ausnahme, es war Silvester, sagte ich mir und verdrängte ein aufkeimendes schlechtes

Gewissen. Ich nahm gleich noch einen Schluck und sah mich um.

Die drei Schirme der Deckenlampe waren mit rotem, blauem und gelbem Papier ummantelt und sorgten für gedämpftes, verschiedenfarbiges Licht. Rotgelbe und blaugrüne Luftschlangen hingen über unseren Köpfen. Neben dem Küchenschrank stand ein kleiner Weihnachtsbaum, geschmückt mit silbrigem Lametta und rotwangigen Äpfeln. Links neben der Tür ein Herd, darüber hingen Töpfe an der Wand. Der Couch sah man ihr Alter an. Die Wohnung war genauso bescheiden eingerichtet wie unsere, aber größer. Eine Tür führte zu einem zweiten Raum.

»Na, wie ist sie, die Bowle?«

Helga blickte uns erwartungsvoll an. Johnny und ich lobten sie überschwänglich. Helga zeigte auf zwei mit Salzstangen gefüllte Becher. »Greift zu, bitte, greift zu.«

Das taten wir. Im Nu waren die Salzstangen aufgegessen und die Gläser ausgetrunken. Helga sorgte für Nachschub und schlug vor, Mühle zu spielen. Erst spielte Johnny gegen mich. Er erkannte meine Absichten im Voraus und blockierte mit seinen Steinen meinen Aufbau. Helga erging es nicht viel besser. Auch sie verlor. Wir begannen »Mensch-ärgere-Dich-nicht« zu spielen. Die Bowle zeigte ihre Wirkung. Wir lachten ohne Anlass, wurden albern.

Helga sagte: »So, mal herhören, ihr zwei Hübschen. Wer dieses Spiel gewinnt, bekommt etwas.«

Da waren wir gespannt.

»Einen Kuss. Und der Verlierer auch. Zum Trost.«

»Und wenn du verlierst?«, fragte Johnny, dessen Gesicht inzwischen rosig war.

»Dann muss einer von euch mich küssen.« Sie lachte fröhlich.

»Und wenn du gewinnst?«, fragte ich.

»Dann auch. Aber immer mit geschlossenen Augen.« Wieder lachte sie.

Wir nickten verlegen. Es knisterte in der Luft. Würde Johnny oder ich zuerst geküsst? Mir wurde warm, meine Hände feucht. Johnny gewann die erste Runde. Helga erhob sich und ging zu ihm. Beide schlossen die Augen. Helga machte einen Kussmund. Sie neigte ihren Kopf nach rechts und küsste ihn auf den Mund. Danach schienen sie verändert. Sie sahen einander an, als hätten sie sich erst durch den Kuss kennengelernt. Dann kam Helga zu mir. Ich spürte ihre weichen Lippen auf meinen, schmeckte Ananas und in mir kribbelte es angenehm.

Helga füllte die Gläser erneut, öffnete eine zweite Tüte Salzstangen. Das Spiel begann von vorne. Diesmal gewann Helga. Johnny ging zu ihr und küsste sie. Und als Helga das nächste Spiel verlor, war ich nochmal dran. Wieder kribbelte es. Nicht wie damals, als Helga mich im Stadtpark geküsst hatte, und schon gar nicht vergleichbar mit einem Wangenkuss von Mutter. Nein, dies war ein neues Gefühl. Ich schwebte, hätte am liebsten gleich noch einmal geküsst.

Helga ging hinüber zum Küchenschrank, schaltete das Radio ein. Eine Stimme sang: Oh Baby, mach dich schön, mach dich schön für mich, ich möchte heute tanzen gehen …nimm das blaue Kleid, das steht dir so gut und dazu den kleinen gelben Hut …

»Peter Kraus«, sagte Helga und bewegte ihren Körper zu dem Lied. »Wer von euch tanzt mit mir? Wir können ja später noch eine Runde ›Mensch-ärgere-Dich-nicht‹ spielen.«

Ich hatte noch nie getanzt, traute mich nicht und blickte zu Johnny. Der stand auf, machte eine tiefe Verbeugung und sagte: »Darf ich bitten, meine Dame?«

Helga knickste und sagte: »Aber sehr gerne, mein Herr.«

Ich kannte den Sänger, hatte auch Bilder von Caterina Valente, Conny Froboess, Freddy Quinn und anderen bekannten Stars, sammelte und tauschte sie. Aber tanzen traute ich mich nicht. Also trank ich Bowle und sah Helga und Johnny beim Tanzen zu.

Ganz Paris träumt von der Liebe …

Je später es wurde, desto besser tanzten beide.

Nur du, du allein, könntest alles für mich sein, heimlich dich zu sehen, nur dich, dich liebe ich … wann kommst du zu mir, wann wird das geschehen …

Helga zog Johnny an sich und schmiegte ihre Wange an seine. Johnny legte die Arme um ihre Taille und schloss die Augen.

Ich dachte an Veronika. Wie es wohl wäre, wenn sie noch lebte? Mich ansähe und lächelte? Sich unsere Wangen berührten? Sie mich jetzt küsste? Ich wurde traurig. Ich müsse mal, sagte ich, stand auf und verließ den Raum. Draußen spürte ich den Alkohol. Mir wurde schwindelig. Ich überquerte den Wäscheplatz und stellte mich vor den Graben, hielt mich am Ast eines Mehlbeerenbaums fest und pinkelte im hohen Bogen hinüber auf die andere Seite. Mir wurde übel. Ich musste mich übergeben. Danach ging ich zur Waschküche, wusch mir Gesicht und Hände und spülte meinen Mund.

Als ich zurückkam, waren Johnny und Helga nicht da. Was mich wunderte. In diesem Moment öffnete sich die Tür zum zweiten Raum und Johnny kam heraus. Er wirkte verstört, sagte, dass er seiner Oma versprochen hätte, mit ihr auf das neue Jahr anzustoßen. Er müsse leider gehen. Sagte noch »Tschüss«, und weg war er.

Auf dem Küchenschrank stand ein Wecker. Es war eine halbe Stunde vor Mitternacht. Und Helga? Ich ging durch die Tür. Helga lag auf einem Bett. Als sie mich sah, setzte sie sich auf und strich sich übers Kleid.

»Komm«, sagte sie, »jetzt spielen wir noch eine Runde ›Mensch-ärgere-Dich-nicht‹.«

Sie rutschte vom Bett und ergriff meine Hand. Wir setzten uns wieder an den Tisch. Aber die Leichtigkeit war verschwunden. Wir lachten nicht mehr. Helga schenkte Bowle nach. Ich lehnte ab. Sie küsste mich ein letztes Mal. Aber der wohlige Schauer fehlte. Es war ein Mama-Kind-Kuss, mehr nicht.

Es ging auf zwölf Uhr zu. Helga wurde unruhig. Sie sagte, dass sie noch schnell aufräumen wolle, sich waschen und bettfertig machen, bevor ihre Eltern zurückkämen. Ich solle jetzt besser gehen. Wir wünschten uns gegenseitig ein gutes neues Jahr und trennten uns.

Draußen knallten die ersten Feuerwerkskörper. Bewohner des Lagers öffneten ihre Türen und riefen sich »Prosit Neujahr« zu. Eine Rakete flog gen Himmel, zerplatzte und ließ unzählige silbrige und goldene Sterne auf die Erde regnen. Als ich an Johnnys Fenster vorbeikam, sah ich bei ihm kein Licht.

## 28

Der Winter war kalt und schneereich. Hatten Johnny und ich zur gleichen Zeit Schulschluss, gingen wir nicht direkt nachhause, sondern schlitterten erst ein paar Mal auf dem Schulranzen den Deich hinunter. Nachmittags sammelten wir nun öfter Holz im Stadtpark, befreiten es von Schnee und hackten es in passende Stücke für den Herd. Wir teilten das Brennholz zwischen uns auf. In unserem Stall schichtete ich es zum Trocknen auf. Hatten wir freie Zeit, spielten wir Eishockey auf dem Anlagenteich oder bewarfen uns gegenseitig mit Schneebällen. Einmal bauten wir einen ganzen Nachmittag lang eine Schneefamilie mit Vater, Mutter und drei Kindern, zwei Jungen und einem Mädchen.

Als die Stürme sich legten, die Luft allmählich wärmer wurde und der Frühling einzog, kehrte Mutter an einem Freitag beschwingt aus der Stadt zurück. Sie trug ein farbiges Kleid, Locken zierten ihr Haar. Sie habe sich eine »Wasserwelle« geleistet und ein Kleid gegönnt, sagte sie fröhlich und drehte sich einmal im Kreis.

»Wir werden im November eine neue Wohnung beziehen, mein Kläuschen. Zwei Zimmer, eines für dich und eines für mich. Die Wohnung hat eine Küche und ein Badezimmer mit Wanne und Toilette.«

Sie griff in ihre Schublade und wedelte mit einem Schreiben.

»Hier steht es schwarz auf weiß.« Sie lächelte.

Und während wir spät zu Mittag aßen, erzählte sie mir

von einem Gleichberechtigungsgesetz, das der Bundestag beschlossen habe. In absehbarer Zeit stünden ihr die gleichen Rechte zu wie einem Mann. Beides, der Umzug und das Gesetz, freue sie ungemein. Deshalb gehe sie heute Abend mit Herrn Kalinowski aus. Im Capitol laufe der Film Sissi mit Romy Schneider. Sie beugte sich vor und strich mir über den Kopf.

Am Samstagnachmittag traf ich Johnny auf dem Wäscheplatz. Ich erzählte ihm davon. Dass das Lager aufgelöst würde, wusste er bereits. Dass Frauen weniger Rechte als Männer hätten, war auch für ihn neu. Erstaunt meinte er: »Es gibt neben eurer und unserer noch viele andere Familien, für die Frauen allein sorgen müssen. Schuld hat der Krieg.«

Den Sissi-Film wollte Johnny nicht sehen. Zu viel Geknutsche, meinte er.

Unwillkürlich musste ich an sein seltsames Verhalten an Silvester denken. Wir hatten über diese Nacht nicht mehr gesprochen. Hatte ich davon angefangen, war Johnny ausgewichen. Also unterließ ich es.

Wir spielten in der warmen Frühlingssonne Fußball. Als wir davon genug hatten, zog es uns zur Elbe. »Vielleicht können wir schon baden«, meinte Johnny. Auf dem Rückweg wollte er zum Grogkeller, Schnaps für Herrn Arndt kaufen.

Wir holten unsere Badesachen und machten uns auf den Weg. Im Stadtpark zwitscherten aufgeregt die Vögel, die Paarungszeit hatte begonnen. Wir überquerten die Bahnlinie am Eisenbahnausbesserungswerk und schlenderten weiter zum Burggraben. Ein paar Angler saßen am Ufer, sie wollten Hechte und Karpfen fangen, wie wir von ihnen erfuhren. Einer fluchte, weil sich Haken und Sehne in Seerosen verheddert hatten. Links vom Burggraben erhob sich der Eiskellerberg, der kein Berg, eher ein Hügel war. Auf ihm thronte ein runder Wasserturm. Seine Zinnen verliehen ihm das Aussehen einer Burg. Von Mutter wusste ich, dass im Winter vom zugefrorenen Burggraben Eis herausgesägt und für die Heringsfischerei im kühlen Bunker des Hügels gelagert wurde.

Wir überquerten die Straße, gingen an der Weißkuhle vorbei, deren milchiges Wasser den Namen rechtfertigte, zum Deich hoch. Das weite Elbvorland lag vor uns. In der Ferne der Priel, in dem wir einmal baden wollten. Ich musste an den Jungen mit dem verletzten Arm denken, an den brutalen Wärter Petersen. Ob der Junge noch in dem Heim war? Was wohl jetzt in Johnny vorging? War er vielleicht im selben Heim gewesen? Ich warf ihm einen Blick zu. Johnny starrte in die Ferne. Er schien mit anderen Gedanken beschäftigt.

Auf dem Deich, dessen weiche Schwünge die Energie der Sturmfluten dämpfte, wie ich von Otto wusste, und der aus der Vogelperspektive betrachtet wohl aussah wie eine in der Landschaft ruhende, überdimensionale, grasbehaarte Schlange, gingen wir in Richtung Nordermole. Möwen schrien, ab und zu rief ein Kiebitz. Es ging ein leichter Nordwestwind. Am blauen Himmel zogen gemächlich schneeweiße Wolken Richtung Hamburg.

Am Ende des Deichs blieben wir stehen und blickten hinunter auf den Strand. Vor uns lag ein schmaler Sandstreifen, dahinter das Watt, wie ein Gemälde mit seinen verschiedenen Schwarztönen, glänzenden Flächen und unzähligen, miteinander vernetzten Rinnsalen. Weit draußen floss die silbrig schimmernde Elbe. Sie roch nach einem

Gemisch aus Nordsee, Fisch, Schlick und einem Hauch Benzol. Ein paar Männer und Frauen lagen auf Decken, rauchten, lasen oder schliefen. Ihre Kinder schaufelten im Sand und bauten Burgen. Andere schmierten ihre weißen Körper mit Schlick ein oder bewarfen sich gegenseitig damit, johlten und kreischten.

Es herrschte Ebbe und das Wasser lief immer noch ab, wie ich aus der Neigungsrichtung einer hohen Boje erkannte. Zwar sei der tiefste Stand bald erreicht, meinte Johnny, doch Baden könnten sie vergessen. Er wirkte enttäuscht. Einen Augenblick später jedoch hellte sich seine Stimmung wieder auf.

»Was ich beinahe vergessen hätte, wir werden demnächst ein Faltboot besitzen. Damit können wir auf der Elbe herumpaddeln.«

»Wirklich?« Ich staunte, freute mich. »Von wem bekommst du das Boot?«

»Von einem pensionierten Heringsfischer. Der hat nicht nur gefischt, der heißt auch so. Fischer. Er wohnt am Rhin, nicht weit entfernt vom Außenhafen. Können wir jederzeit abholen.«

Herr Fischer habe ihn kürzlich im Grogkeller angesprochen. Er sei mit dem Boot früher auf dem Rhin gepaddelt und bräuchte es nicht mehr. Meinte, er und seine Frau seien dafür nun zu alt.

Wir stiegen die Steinstufen vom Deich hinunter zum Hafengelände. Von der Nordermole aus suchten wir mit unseren Augen die Elbe nach Schiffen ab. Eine Fähre kam von Wischhafen um die Rhinplate gefahren, sie näherte sich schnell. Wir warteten, bis sie auf Höhe der Nordermole in den Hafen einbog. Das Wasser klatschte in unregelmäßigem Rhythmus gegen die Kaimauer. Die starke Strömung in der Hafenmündung erschwerte die Einfahrt. Der Kapitän erhöhte die Drehzahl der Schiffsschraube. Die Fähre fuhr gegen die Strömung auf die Südermole zu, um nicht gegen die nördliche Hafenmauer gedrückt zu werden. Das Manöver gelang. Wir sahen noch zu, wie die Fähre anlegte, dann schlenderten wir an der Schleuse vorbei, die den Binnenhafen vor der offenen See schützt und seinen Wasserstand reguliert. Die Fischlogger mit den Namen Hermod, Wotan und Odin lagen dort festgemacht. Die anderen Logger der Fischereiflotte waren ausgelaufen.

Wir kamen an der Halle vorbei, in der Mutter arbeitete. Fischgeruch lag in der Luft. Immer, wenn sie von hier nach Hause zurückkehrte, war sie erschöpft und roch nach Fisch. Ich dachte an Egon, meinen früheren Sitznachbarn, der einmal vor der ganzen Klasse auf mich gezeigt, die Nase gerümpft und laut verkündet hatte, er wolle nicht mehr neben mir sitzen, weil ich nach Fisch stinken würde. Einige Kinder hielten sich daraufhin die Nase zu und setzten eine Miene auf, als ob sie sich ekelten und riefen: »Iiiiiiiihhh«. Ich hatte verschämt in mein Heft gestarrt.

Jede Straße in der Innenstadt führt zum Marktplatz, so wie bei einem Spinnennetz die tragenden Fäden zur Mitte führen. Johnny entschied sich für die frisch gepflasterte Deichstraße. Ab und zu bückte er sich, hob blitzschnell eine Zigarettenkippe auf und steckte sie genauso blitzschnell in die Hosentasche. Ein paar Erwachsene gingen spazieren, blieben stehen, um die Auslagen in den Schaufenstern zu betrachten.

Wir erreichten den nach Jauche stinkenden Fleet am Marktplatz und stiegen die Treppe zum Grogkeller hinunter. Johnny öffnete die Tür. Sofort schlug uns Alkoholgeruch entgegen. Lautes Stimmengewirr. Zigarettenqualm schwebte wie dichter Nebel in der Luft. Ein einarmiger Wirt stand hinterm Tresen. Mit der Hand seines gesunden Arms stellte er die Gläser in Position. Mit seinem Stumpf zapfte er ein Bier nach dem anderen. Nebenher füllte er Schnapsgläser.

Ein älterer Mann mit schütterem Haar und dickem Gesicht stand am Tresen in militärischer Haltung. Er brabbelte vor sich hin: »Jawoll, Herr Oberst! Zu Befehl, Herr Oberst …« Das wiederholte er, bis der Wirt zu ihm sagte: »Jetzt machst du vielleicht mal ne Pause, Herrmann!«

Der Alte stierte zum Wirt und leerte sein Schnapsglas. Ich sah, dass er weinte.

Eine Kellnerin lief geschäftig mit gefülltem Tablett vom Tresen zu den überwiegend mit Männern besetzten Tischen. Am Stammtisch, über dem eine bronzene Glocke hing, sangen einige Gäste: Sag mir, wo die Gräber sind, wo sind sie geblieben? Sag mir, … was ist geschehen? … Blumen wehen im Sommerwind. Wann wird man je verstehen? Wann wird man …

Ich erkannte Frau Lübcke, die im Lager zumeist aus dem Fenster sah. Ihre Lippen waren knallrot bemalt. Am anderen Ende des Gastraums sangen Männer: Kornblumenblau sind die Augen der Frauen beim Weine …

Derweil bekam Johnny die Flasche Schnaps in Papier eingewickelt. Wieder draußen sahen wir auf der gegenüberliegenden Seite vor dem Gasthaus Raumann von Laufental stehen, in einer Gruppe von Männern.

»Komm, lass uns da mal rübergehen«, sagte Johnny.

Wir überquerten den Marktplatz, gingen am Kino vorbei,

stiegen die Treppe zum Eingang des Rathauses hoch und stellten uns in den Rahmen der zweiflügeligen, eichenen Tür. Von dort beobachteten wir die Gruppe ohne selbst gesehen zu werden. Bauer Hansen, bei dem wir vergangenen Sommer Kartoffeln gesammelt hatten, war auch dabei. Die Männer redeten miteinander und rauchten. Andere Männer stießen dazu. Die Gespräche stoppten. Von Laufental schien etwas zu erklären. Als er damit fertig war, kam Bewegung in die Gruppe. Einer nach dem anderen verschwand im Gasthaus.

Wir stiegen die Treppen hinunter. Wie aus dem Nichts tauchte plötzlich Backe vor uns auf, der sofort damit begann, den Bürgersteig nach Kippen abzusuchen. Backe, dessen rechte Wange wegen eines Blutschwamms viel dicker war als die linke, war stadtbekannt. Vor Einbruch des Winters nahm er die Schwäne aus dem Anlagenteich und zu Beginn des Frühlings setzte er sie wieder ein. Das war der Lokalpresse, wie ich von Mutter wusste, jedes Jahr einen kleinen Artikel wert. Backe bewegte sich behände, bückte sich ein paarmal.

»War heute schneller«, sagte er zu uns mit einer Stimme, wie ich sie von einem ungenau eingestellten Radio her kannte. »Gestern sind mir windige Typen zuvorgekommen. Typen, die nicht hierhergehören. Polacken, Hamburger.«

Johnny fluchte leise.

»Komm«, sagte er. Wir gingen zu einem Fenster des Gasthofs und spähten hinein. Von Laufental sprach zu den sitzenden Männern. Er hielt einen Zeigestock in der Hand. Mit dem tippte er wiederholt auf eine Landkarte, die an der Wand hing. Wir sahen genauer hin. Es handelte sich um eine ältere Deutschlandkarte mit den verlorenen Gebieten: Mecklenburg, Pommern und Ostpreußen.

»Aha, ich denke, das reicht«, sagte Johnny.

Wir verließen den Marktplatz und gingen die Hauptgeschäftsstraße hinunter, über den Bahnübergang, zu unserem Versteck im Stadtpark. Dort lümmelte sich Johnny auf seinen angestammten Platz.

»Sag mal, was hast du eigentlich gemacht in der Zeit, als ich weg war?«

Worauf wollte Johnny hinaus? Ich setzte mich.

»Nichts Besonderes. Es war ziemlich langweilig ohne dich.«

»Du hast dich mit von Laufental angefreundet, hat man mir erzählt.«

Wer könnte Johnny von meinen Besuchen bei von Laufental erzählt haben? Vielleicht hat Mutter mit Frau Schulzke gesprochen.

»Naja, angefreundet ist zuviel gesagt. Ich habe ihn ein paarmal besucht.«

»Und was treibt der so?«

»Der tüftelt an einem Motor.«

»Und was will er von dir?«

Ich erzählte Johnny von der Sache mit dem kaputten Dach. Dass von Laufental uns geholfen hatte, es zu reparieren, und er mich danach gebeten hatte, ihn zu besuchen.

»Komischer Kauz, der Laufental«, sagte Johnny, fummelte sich eine Kippe aus der Hosentasche, brachte sie mit den Fingern in Form und steckte sie lässig in den Mundwinkel. Er machte ein ernstes Gesicht.

»Irgendwas stimmt mit dem nicht. Das sagt mir mein Gefühl. Ich würde an deiner Stelle nicht mehr zu ihm gehn.«

Er entzündete die Kippe, inhalierte den Rauch und blies ihn geräuschvoll aus.

»Er hat einiges durchgemacht, hat meine Mutter mir erzählt. Erst starb sein Sohn im Krieg und dann, vor lauter Kummer, auch seine Frau. Vielleicht spricht er deshalb manchmal mit sich selbst.«

»Was will er mit dem Motor machen, wenn er ihn fertiggebaut hat?«

Ich sagte Johnny, was ich wusste. Er hörte aufmerksam zu. Als ich erwähnte, dass von Laufental mir seine SS-Tätowierung gezeigt hatte, sah er mich an, als fühlte er sich bestätigt.

»Dachte ich mir doch, dass mit ihm etwas nicht stimmt. Die SS war Hitlers Mördertruppe. Das weiß ich von Herrn Arndt. Von Laufental ist offenbar stolz darauf, bei der SS gewesen zu sein. Warum sonst hat er dir die Tätowierung gezeigt?«

»In dem Moment war er mir unheimlich. Ich war seitdem nicht mehr bei ihm.«

»Ich habe eine Vermutung, warum sich die Männer treffen.«

»Und warum?«

»Diese Herren ertragen es nicht, dass sie und ihr Führer Hitler den Krieg verloren haben. Das sind alte Nazis. Hast du die Karte gesehen? Die wollen die verlorenen Gebiete wiederhaben.«

Ich nickte und erzählte Johnny, dass von Laufental die Niederlage der Deutschen auf den fehlenden Brennstoff geschoben hatte. Das passte zu dem, was Johnny vermutete, da waren wir uns einig.

## 29

Eine Woche später gingen wir zu Herrn Fischer, um das Boot abzuholen. Die Sonne schien, aber die Luft war schwül und der Wind blies ordentlich.

Herr Fischer saß im Garten und las die Glückstädter Fortuna. Als er uns sah, lachte er fröhlich und sagte: »Na Jungs, dor sünd ji jo! Denn kommt man hier rööber und schnappt ju dat Boot!« Er erhob sich und lachte wieder. »Man goot, dat ick dat opbewohrt hev, und nich na denn Schuttbarg bröcht hev, so wie miene Fruu dat wull!«

Während wir uns mit dem Boot beschäftigten, sagte er noch etwas übers heutige Wetter, wir sollten achtgeben, und sprach von den alten Knochen und der Nase eines erfahrenen Seemanns.

Johnny packte das Boot am Bug und ich am Heck. Es war leichter, als ich angenommen hatte. Wir bedankten uns und zogen los. Unser Weg führte über die Schleusenbrücke, den Außenhafen entlang Richtung Nordermole, an der eingezäunten Holzhandlung vorbei. Am Ende des Zauns stiegen wir auf der Steintreppe den Deich hoch. Auf der anderen Seite floss die Elbe. Vor uns lag der sandige, weite Strand.

Das Wasser lief auf. Der Höchststand wäre in etwa einer Stunde erreicht, meinte Johnny. Wir zogen Badehosen an und stopften unsere Klamotten und Schuhe in Tragenetze, die wir vorne im Bug und hinten im Heck mit Schnüren befestigten. Wir schoben das Boot vom Sand ins Wasser, stellten jeweils ein Bein hinein, dann, auf Johnnys Kommando, zogen wir das andere nach und setzen uns, um das Gleichgewicht nicht zu verlieren, schleunigst hin.

Was waren wir aufgeregt! Unsere erste Tour mit einem eigenen Boot, und das auf der Elbe. Ich saß vorne und paddelte, Johnny, der paddelte und steuerte, hinter mir. Zuerst eierten wir in Schlangenlinie vorwärts. Wir probierten und lernten. Und schon bald durchschnitt unser Boot das Wasser zügig und gerade. Wir fuhren Elbe abwärts, Richtung Nordsee. Vielleicht nach Brokdorf, dort gäbe es einen schönen Sandstrand, meinte Johnny.

Ich musste an Ottos Geschichte denken, die er zu Beginn des fünften Schuljahrs erzählt hatte: Ein Tagesausflug mit einem Ruderboot auf der Elbe und einem Picknick am Strand von Brokdorf.

»Ja, Brokdorf, da sollten wir hin paddeln.«

Wir kamen gut voran. Rechts das Elbvorland, an dessen beschilftem Ufer wir uns orientierten, und zu unserer Linken, weiter entfernt, die Rhinplate, eine befestigte, fünf Kilometer lange Sandbank, die die Elbe in zwei Wasserstraßen teilt. Auf der anderen Seite der Rhinplate verlief die Hauptschifffahrtslinie. Dort fuhren die Frachter von der Nordsee zum Hamburger Hafen und zurück.

Johnny gab die Schlagzahl vor: »Eins, zwei, drei und vier. Eins, zwei ...« Ich paddelte Backbord und Johnny Steuerbord. Zwar kamen wir manchmal noch aus dem Takt, stimmten ihn aber in immer kürzerer Zeit wieder aufeinander ab. Und sobald wir ein bisschen vom Kurs abwichen, korrigierte Johnny von hinten. Entweder bremste er mit seinem Paddel oder erhöhte seine Schlagzahl.

Der Wind kam aus nordwestlicher Richtung, direkt von

vorne. Unser Boot wurde im raschen Wechsel gehoben und gesenkt. Ab und an spritzte Gischt über den Bug. Manchmal tauchte ich mein Paddel nicht tief genug ein, dann spritzte Wasser gegen Johnnys Brust. Er lachte, als freue er sich über jede Abkühlung.

Wir waren beide in aufgekratzter Stimmung. Johnny begann zu singen: »Eine Seefahrt, die ist lustig, eine Seefahrt, die ist schön, denn da kann man fremde Länder und noch manches andre sehn.«

Ich sang den Refrain mit: »Hol-la-hi, hol-la-ho, hol-la-hi-a, ho-la ho.« Strophe und Refrain sangen wir gleich ein paar Mal hintereinander.

Als wir davon genug hatten, fragte Johnny: »Was willst du eigentlich mal werden?«

Das wusste ich noch nicht. Mal wollte ich Tischler werden, weil Holz ein sauberes Material war, sich leicht bearbeiten ließ und gut roch. Mal Lehrer, einer wie Otto, oder, da ich gerne las, den Beruf meines Vaters ergreifen.

»Vielleicht Schriftsetzer. Und du?«

»Seemann«, sagte Johnny knapp und klar, als stünde dieser Entschluss schon lange fest. »Sobald ich mit der Schule fertig bin, heuer ich im Hamburger Hafen als Schiffsjunge an oder ich schleiche mich irgendwo an Bord. Ich will die Welt sehen. Als erstes will ich zum Inselstaat Fidschi mit seinen über dreihundert Inseln. Später dann nach Japan und Australien, vielleicht Amerika, Kanada … Ach, ich würde gerne alles sehen. Aber ich denke, dass ein Menschenleben dafür nicht ausreicht.«

Ein Leben ohne Johnny wollte ich mir nicht vorstellen. »Wenn du wartest, bis ich die Schule beendet habe, komme ich vielleicht mit.«

»Da müsste ich wohl noch lange warten. Aber mal sehn.«
Johnny lachte.

Der Wind nahm plötzlich zu. Pechschwarze Wolken zogen heran und verdunkelten den Himmel.

»Strand und Baden in Brokdorf können wir streichen«, rief Johnny. »Das sieht nach Schlechtwetter aus. Es könnte gewittern. Wir fahren besser in die Stör, suchen dort Schutz. Klar, Klaus?«

»Ja, alles klar.« Ich kannte ja den Nebenfluss der Elbe von dem Wandertag mit Otto.

»Manchmal kommen Gewitter von der anderen Seite der Elbe mit der Flut zu uns herüber«, rief Johnny.

Mir schossen die Warnungen meiner Mutter durch den Kopf: Nicht unter einem Baum stehen. Auf freiem Feld in die Hocke gehen, dabei die Füße eng zusammenhalten. Und ja nicht im oder auf dem Wasser sein. Ja nicht! »Solln wir nicht besser umkehren, Johnny?«

»Dafür ist es zu spät. Das Wasser läuft schon ab. Wir müssten gegen die Strömung paddeln. Das würde zu lange dauern. Wir fahren besser in die Stör. Im Gasthaus Kühl können wir uns unterstellen.«

Auch das Gasthaus kannte ich. Also erhöhten wir die Schlagzahl, kämpften gegen den Wind und zunehmend höheren Wellen. Gischt spritzte uns gegen die Brust, ins Gesicht und über uns hinweg. Als wir nach rechts in die Stör einbogen, trafen die Wellen unser Boot seitlich. Wir drohten zu kentern.

»Verlagere dein Gewicht, Klaus. Häng dich nach Backbord raus!«

Johnny klang besorgt.

Ich machte, was er sagte, während ich weiter paddelte, als

ginge es um unser Leben. Wir kamen gut voran. Wir sahen schon die Spitzen der am Gasthaus stehenden Kastanienbäume, die die Deichkrone überragten, wie sie gegen den starken Wind ankämpften. Dann passierte es: Eine hohe Welle schlug seitlich gegen unser Boot. Es kenterte und wir fielen ins Wasser. Eine weitere Welle rollte über unsere Köpfe hinweg. Sie drückte mich nach unten. Für einen kurzen Moment verlor ich die Orientierung, erkannte dann aber die Richtung zur Wasseroberfläche und schwamm zügig nach oben. Ich tauchte auf und rang nach Luft. Gleichzeitig sah ich mich nach Johnny um. Er war nirgends zu sehen. Ich rief nach ihm. Keine Antwort. Wo war er? Ich holte tief Luft, um nach ihm unter Wasser zu suchen. In dem Moment tauchte Johnny auf. Erleichtert hob ich meinen Arm.

»Hier, Johnny, hier bin ich.«

Johnny kommandierte: »Schwimm zum Bug, Klaus«, er unterbrach sich, schnappte nach Luft, »ich packe das Heck. Wir müssen das Boot aufrichten. Schnell!«

Ich schwamm zum Bug.

»Wir drehen es mit den Wellen. Also im Uhrzeigersinn. Fertig? Auf drei, klar?«

»Ja, klar!« Ich konzentrierte mich.

»Eins, zwei und drei.«

Mit der einen Hand drückte ich und mit der anderen zog ich. Es gelang. Das Boot richtete sich wieder auf.

»Wir schwimmen ans Ufer, ziehen es mit uns. Am Bug ist eine Leine befestigt. Greif die!«

Auch das gelang. Ich hielt die Leine fest in der Hand. Johnny kraulte zu mir. Wir schwammen gemeinsam Richtung Ufer, krabbelten an Land und zogen das Boot durch den Schilfgürtel hinauf zum Deichfuß. Wir leerten das Wasser aus und befestigten das Boot am Pfahl eines Zauns, nahmen unsere Tragenetze und liefen durch den einsetzenden Regen zum Gasthaus. Es blitzte und donnerte. Wir schlichen uns an der Tür zum Gästeraum vorbei in die Herrentoilette. Hier wrangen wir unsere Sachen aus, trockneten uns behelfsmäßig mit feuchtem Handtuch ab und zogen sie wieder an. Wir warteten an der offenen Tür darauf, dass das Gewitter weiterzog. Die Tür zum Gastraum ging auf. Zu unserer Verblüffung kam von Laufental auf uns zu, ohne Hut, in seinem grauen Anzug und weißem Hemd mit Krawatte. Die Delle an seinem Haaransatz glänzte.

»Wen haben wir denn da? Dich habe ich ja ewig nicht gesehen.« Er sah zu Johnny, der inzwischen sogar ein bisschen größer war als von Laufental.

»Ja, stimmt.« Johnny wirkte überrumpelt.

»Ihr seid ja ganz nass. Was ist denn passiert?«

Johnny umriss mit kargen Sätzen, was sich zugetragen hatte.

Da sei er aber froh, das hätte auch schiefgehen können, meinte von Laufental. Er sei mit dem alten DKW von Bauer Hansen hier, der wegen einer Erkältung zuhause bleiben musste.

»Kann ich euch mitnehmen? Ich muss nach der Toilette nur nochmal kurz in die Gaststube, um mich von meiner Herrenrunde zu verabschieden.«

Johnny zögerte und suchte meinen Blick. Ich sagte ja, obwohl mir mulmig zumute war. Wir gaben vor, uns über das Angebot zu freuen.

»Ihr könnt inzwischen euer Boot holen. Hinterm Gasthaus findet ihr einen Verschlag, da könnt ihr es hineinlegen. Dort ist es sicher. Ich informiere den Wirt. Er wird nichts dagegen haben.«

Ein sicherer Platz für unser Boot? Damit waren wir sofort einverstanden. Wir holten es und verstauten es in dem Verschlag.

Von Laufental kam gleich zurück. Auf die Sitzbank legte er eine gebrauchte Decke. Darauf setzten wir uns und waren nun doch froh, den weiten Weg nicht zu Fuß gehen zu müssen.

Während der Fahrt fragte von Laufental mich, wann ich ihn wieder besuchen käme. Ich suchte nach einer passenden Antwort. Da schlug er Johnny vor, dass wir gerne auch zu zweit kommen könnten. Das wunderte mich zuerst, weil von Laufental ja sonst ein großes Geheimnis um seine Bastelei machte. Aber dann ahnte ich, warum er Johnny dabeihaben wollte. Johnny war kräftiger als ich. Ich dachte an das anstrengende Pumpen, den hohen Druck in der Kugel.

»Kann ich schon machen, Herr von Laufental. Wenn es zeitlich passt«, antwortete Johnny kurz angebunden.

Daraufhin schlug von Laufental den kommenden Samstag vor. »Nach dem Essen, sagen wir 14:00 Uhr. Passt euch das?«

Johnny und ich verständigten uns durch Blicke und erklärten uns einverstanden. Was hätten wir sonst sagen sollen? Etwas später bog von Laufental in die Steinburgstraße ein und setzte uns vor unseren Baracken ab.

»Ich muss die Klapperkiste noch zu Bauer Hansen bringen. Bis dahin, Jungs.«

Wir dankten von Laufental und verabschiedeten uns von ihm. Johnny ging zu seiner Unterkunft. Ich sah ihm wieder nach. Als er die Tür öffnete, hörte ich Oma Schulzke wie immer schimpfen.

Mutter erwartete mich. Ich trug feuchte Sachen und hielt ein Netz in der Hand mit nassen Badesachen, Schuhen und Strümpfen. Sie musterte mich von oben bis hinunter zu meinen nackten Füßen und schlug die Hände vors Gesicht.

»Mein Gott, Klaus! Wo kommst du her? Was ist passiert?«

Ich erzählte ihr von der Bootstour, aber ließ das Kentern aus, verwies auf den Regen und erwähnte, dass Herr von Laufental uns nach Hause gefahren habe.

»Du warst natürlich mit Hans zusammen.«

Ich nickte.

Sie seufzte. »Wie kann es auch anders sein …, ihr beide.« Und sorgte sich, ich könnte mich erkältet haben.

Ich musste meine Schlafsachen anziehen und mich ins Bett legen. Sie brühte Tee auf, den ich wegen seines bitteren Geschmacks überhaupt nicht mochte. Um Mutter zu beruhigen, trank ich ihn trotzdem.

## 30

Die Bootstour war das Abenteuer, das Johnny und mich noch enger zusammenschweißte. Von diesem Tag an verbrachten wir nicht nur jede Pause zusammen, sondern gingen auch gemeinsam zur Schule und gemeinsam wieder nach Hause. Egal, wann die Schule für ihn oder mich begann oder endete.

Mittlerweile war ich in der neunten Klasse. Es war eine gute Zeit für mich. Ich war auf alles Unbekannte neugierig, saugte es auf wie ein ausgetrockneter Schwamm Flüssigkeit. Johnny, der ein Jahr wegen seines Heimaufenthalts verloren hatte und ein weiteres Jahr, das er wegen seiner Konzentrationsschwierigkeiten wiederholen musste, ging nun in meine Parallelklasse.

Gewöhnlich begann die Schule um 07:30 Uhr. Aber einmal die Woche für mich um 8:20 Uhr. Trotzdem ging ich mit Johnny kurz nach sieben los, lernte oder las in meinem Klassenraum, bis der Unterricht begann. Hatte ich länger Schule, wartete Johnny auf mich, und hatte er länger, wartete ich auf ihn. Morgens waren wir beide noch müde und wortkarg. Dafür redeten wir auf dem Nachhauseweg umso mehr, meistens über Schulkameraden und Lehrer, manchmal über das, was gerade durchgenommen wurde.

Als Johnny über seinen Geschichtslehrer Maier sagte: »Der hat zwar einen an der Birne, aber kann fantastisch erzählen«, wurde ich neugierig und stellte Fragen. Gegenwärtig ginge es um die Zerstörung Karthagos durch die Römer und ihre Kriegslist. Das fand ich spannend. Da schlug Johnny mir vor, doch am kommenden Freitag,- ich hatte an dem Tag eine Stunde früher Schulschluss als er -, anstatt auf ihn zu warten, in seine Klasse zu kommen. Sie hätten in der letzten Stunde Geschichte. Er könne Herrn Maier fragen, ob ich mit in die Klasse kommen dürfe. Ihm zum Beispiel sagen, dass ich meinen Haustürschlüssel zuhause vergessen hätte und meine Mutter um die Zeit noch arbeitete. Herr Maier hätte bestimmt nichts dagegen.

Ich fand das einen guten Plan und stimmte zu.

Und er ging auf. Als ich den Klassenraum betrat, hieß mich Herr Maier freundlich willkommen. Ich wusste, dass er schielte und blickte in das auf mich gerichtete Auge. Ich setzte mich auf den mir zugewiesenen Platz in die hinterste Reihe und betrachtete Herrn Maier.

Wie ich von Johnny wusste, nannten ihn seine Schüler insgeheim Olli, wegen seiner Körpermaße und Ähnlichkeit mit dem Schauspieler Oliver Hardy, der ihnen durch die Kinofilme Dick und Doof bekannt war. Olli trug einen aus der Form geratenen grauen Anzug mit Weste, ein sandfarbenes Hemd und Krawatte und bis über die Knöchel geschnürte, schwarze, blankgeputzte Lederschuhe. An der Weste baumelte eine silberne Uhrenkette. Er setzte sich auf das Schreibpult und begann von der Macht der Römer zu berichten, von ihren Siegen und Eroberungen. Schon nach wenigen Sätzen schob ich meine Raumlehreaufgaben beiseite und hörte ihm wie alle anderen Schüler gebannt zu. Olli brannte vor Begeisterung. Wir lauschten seinen Worten. Ich sah das, was er erzählte, hörte die Kampfgeräusche.

Plötzlich knallte es. Ein Schuss. Ollis Körper straffte sich. Sein Gesicht versteinerte. Für einen langen Moment schien er sich in einer Art von Schockstarre zu befinden, dann kam Bewegung in seinen massigen Körper. Er rutschte auf seinem Hintern vom Pult und brüllte in die Klasse: »Wer war das?« Olli atmete schwer, keuchte und hustete. »Wenn ich nicht augenblicklich weiß … nicht augenblicklich erfahre, wo das … wer das war, bleibt die Klasse sitzen … bleibt ihr geschlossen so lange hier, bis der Täter sich meldet.«

Absolute Stille. Niemand sagte etwas, niemand meldete sich. Olli blickte sich um, Reihe für Reihe, Schüler für Schüler. Eilte dann, sein linkes Bein nachziehend, den Gang zwischen den Bänken entlang, überprüfte, was jeder einzelne Schüler im Fach unter der Schreibfläche aufbewahrte und wurde fündig.

»Was habe ich denn hier entdeckt?« Er hielt eine Pistole in der Hand und betrachtete sie. »Eine Schreckschusspistole! Komm, komm raus da. Raus!«

Er packte den Schüler, der im nördlich gelegenen Lager der Stadt wohnte, am Ohr und zog ihn von der Bank mit sich nach vorne zum Pult.

»Ist das deine Pistole?«

»Die, die gehört meinem Vvvater.« Der Junge stotterte vor Angst.

»Und warum hast du geschossen?«

»Aus Versehen, Herr Maier, das … das … das wollte ich wirklich nicht. Der … der Schuss ging einfach so … so … los. Ich hab das ganz be … be … bestimmt nicht gewollt, Herr Maier. Ich entschuldige mmmich vielmals dafür, Herr Maier.«

»Sechs Schläge mit dem Rohrstock.«

Der Junge flehte. »Bitte nicht, Herr Maier, bitte, bitte kkkeinen Stock.«

Olli brüllte: »Bücken!«

Der Junge sträubte sich, begann zu weinen, schluchzte, zog Rotz hoch.

»Willst du dich endlich bücken? Bücken! Ich sage es zum letzten Mal. Bücken!«

Olli nahm seinen Stock aus Bambusrohr in die Hand. Der Junge stand in gebückter Haltung und wimmerte. Olli begann zu singen: »Vom Himmel hoch, da komm ich her.« Er holte aus, der Stock sauste hinunter auf den Hintern des Jungen. Der schrie, machte sich gerade.

»Bücken!« Der Junge bückte sich. Olli sang: »Ich bring euch gute neue Mär.« Wieder sauste der Stock. »Der guten Mär bring ich so viel.« Olli schlug zu. »Davon ich sing und sagen will.«

Nach dem vierten Schlag stöhnte jemand. Ich sah in die Richtung, aus der ich es gehört hatte. Johnny erhob sich und verließ, von Olli unbemerkt, den Klassenraum. Zweimal schlug Olli noch zu, sechsmal insgesamt. Der Junge schrie und schluchzte. Seine Beine schlotterten. Mit gesenktem Kopf kehrte er zurück zu seinem Platz und schluchzte weiter.

Olli, der auf eine merkwürdige Weise erschöpft wirkte, lehnte sich gegen die Wand und schloss die Augen. Ein eigenartiges Zittern durchlief seine Wangen und setzte sich in seinem Körper fort, als erlebe er einen Krampf. Dann entspannte sich sein Gesicht. Er öffnete die Augen und ging wieder zu seinem Pult, setzte den Geschichtsunterricht fort in einem Ton, als wäre nichts geschehen.

Kurz darauf kam Johnny zurück. Olli klappte den Ordner mit seinen Unterlagen zu und blickte zu ihm hin. Johnny kam Olli zuvor. Er sei austreten gewesen, sagte er.

»Warum hast du nicht gefragt? Seit wann gehen wir ohne Erlaubnis auf die Toilette?«

»Wen hätte ich fragen können, Herr Maier? Sie waren doch beschäftigt«, sagte Johnny, mit einer Spur Ironie in der Stimme.

Olli schnaufte und sagte ungehalten: »Hans Schulzke, du willst wohl auch meinen Stock spüren, was? Du stellst dich hinten an die Wand, bis es läutet. Abmarsch!« Er klappte den Ordner wieder auf und blätterte in den Unterlagen.

Johnny, der sich bereits hingesetzt hatte, wirkte gefasst, als hätte er damit gerechnet. Er erhob sich und schlurfte aufmüpfig langsam zur Wand, zog so die Blicke seiner Mitschüler auf sich. Dort wandte er sich zur Klasse um und nahm wie ein Soldat Haltung an. Grinste breit und zeigte mit ausgestrecktem Arm und flacher Hand in komödiantischer Pose den Hitlergruß. Bevor er sich gespielt unbeholfen auf dem Absatz zur Wand umdrehte, zwinkerte er der Klasse kumpelhaft zu, stand noch einen Augenblick übertrieben steif da und schüttelte dann, wie auf ein Kommando hin, seinen Körper in schlangenartigen Bewegungen durch. Alle lachten. Olli hob den Kopf und fragte, ob er mitlachen dürfe. Sofort herrschte wieder Stille.

Olli erzählte weiter. Doch seine Begeisterung und das Interesse seiner Schüler an den Römern schien erloschen. Die Zeit bis Schulschluss zog sich. Ich war froh, als es endlich läutete. Wir packten unsere Ranzen und verließen die Schule.

Auf dem Nachhauseweg meinte Johnny, Olli sei nicht nur am Bein, sondern auch am Kopf verletzt worden. Er sei nicht richtig da oben. Johnny tippte mit dem Zeigefinger an seine Stirn.

Ich bekam ein ungutes Gefühl, als mir daraufhin die Verabredung mit von Laufental einfiel.

»Morgen um 14:00 bei von Laufental?«

»Ich weiß«, sagte Johnny, der plötzlich geistesabwesend wirkte.

»Treffen wir uns auf dem Wäscheplatz?«

Johnny nickte.

## 31

Wir trafen uns vor der Waschküche. Johnnys Augen waren dunkel umschattet. An seinen Armen sah ich rötliche Striemen. Ich dachte sofort an Oma Schulzke und ihre Peitsche. Hatte Johnny sein Gesicht mit den Armen schützen müssen? Er tat mir unendlich leid.

Johnny, der das an meiner Mimik erkannte, sagte: »Es ist nicht so schlimm, wie es aussieht. Bitte, frag nicht!«

Auf dem Wäscheplatz übten Kinder Rollerfahren. Wir gingen schweigend zur Winkelbaracke, waren beide angespannt. Hühner-Gegacker begleitete uns. Müllers Katze jagte vergeblich Vögeln nach, und Frau Hunsalzer saß wieder mal am Fenster. Kurz darauf klopfte ich an von Laufentals Tür.

Er öffnete sofort und begrüßte uns aufgeräumt. »Hinein mit euch, Jungs.« Er lächelte und war voller Energie, als er den Schrank beiseiteschob. Wir betraten seine Werkstatt. Obwohl ich Johnny vorbereitet hatte, wirkte er überrascht.

Von Laufental betrachtete Johnny. »Was hast du an den Armen?« Er schien besorgt.

»Nicht so schlimm, wie es aussieht, Herr von Laufental.«

Von Laufental war mit der Antwort unzufrieden, wie sein Mienenspiel verriet. Aber er fragte nicht weiter, sondern weihte Johnny in seine Pläne ein. In Johnnys Gesicht arbeitete es. Er schien beeindruckt. Von Laufental wiederholte seine Erklärungen, beschrieb seine Idee nun detaillierter.

Er habe es kapiert, sagte Johnny, und fragte, offensichtlich um von Laufental weitere Erklärungen zu ersparen, was denn nun zu tun sei.

»In dieser hohlen Kugel, Hans, benötigen wir einen Luftdruck von möglichst zehn Atü.« Von Laufental zeigte auf die Stahlkugel. »Da steht eine gut funktionierende Fußpumpe, mit der müsste es zu schaffen sein. Eine weitere habe ich hier in Reserve.« Die zweite Pumpe stand auf dem Fußboden. »Willst du es mal versuchen?«

Johnny nickte, nahm die Pumpe und verklemmte den Adapter am Schlauch mit dem Ventil der Kugel. Dann begann er zu pumpen, langsam und bedächtig, Hub für Hub. Ich beobachtete den Zeiger der Messuhr. Bei jedem Pumpenhub zitterte er wie die Fäden eines Spinnennetzes, in denen sich ein Insekt verfangen hat. Hörte das Zittern auf, war der Zeiger ein bisschen weiter vorgerückt. Bei sechs Atü legte Johnny eine Pause ein.

Nun pumpte von Laufental. Bei siebenkommafünf Atü hörte er auf. Er könne nicht mehr, sagte er und bat Johnny, zu übernehmen. Eine Art von Wettkampf entwickelte sich. Johnny kam auf acht, musste dann nochmals pausieren. Von Laufental übernahm. Er wirkte nun regelrecht verbissen. Mit höchster Anstrengung schaffte er es auf achtkommasieben. Ich dachte schon, Johnny würde aufgeben. Aber nein, er stöhnte vor Anstrengung und brachte den Zeiger auf die geforderten zehn Atü. Völlig erschöpft setzte er sich auf einen Hocker und rang nach Luft. Sein Brustkorb hob und senkte sich in schneller Folge, ähnlich, wie ich es einmal während der Bundesjugendspiele nach einem Hundertmeterlauf bei mir selbst erlebt hatte.

In von Laufentals Augen zeigte sich der Glanz, den ich bei ihm schon ein paar Mal gesehen hatte. War es die Vorfreude, etwas Einzigartiges geschaffen zu haben? Öl würde nicht mehr gebraucht, Luft wäre die neue Energie?

Es würde noch dauern, hatte von Laufental gesagt. Monate, wenn es gut liefe. War er jetzt am Ziel angelangt? War er jetzt gefragt? Ich dachte an seine Frage: Reist du gerne?

Er wies Johnny an, sich auszuruhen, nahm die Kugel und legte sie in eine bereitstehende, mit Wasser gefüllte Waschschüssel. Drehte sie darin bedächtig hin und her, überprüfte sorgfältig ihre gesamte Oberfläche, nickte zufrieden und überprüfte sie ein zweites Mal.

»Die Kugel ist dicht, das Ventil auch«, verkündete er siegesgewiss und öffnete »zur Feier des Tages«, wie er sagte, eine Flasche Bier und bot auch Johnny eine an. Der lehnte ab und sagte, er trinke Brause wie ich.

»Na, ich dachte, du dürftest schon, Hans.«

Von Laufental musterte Johnny, während er sich eine Pfeife stopfte, sie entzündete und rauchte. Er nahm die Pfeife aus dem Mund.

»Wie alt bist du denn jetzt, Hans?«

»Siebzehn, Herr von Laufental.«

»Schon siebzehn! Ich erinnere mich noch an den Tag, als deine Großmutter mit dir hier einzog.«

Er entzündete die Pfeife erneut. Paffte ein bisschen.

»Damals warst du so groß.« Von Laufental hielt eine Hand in Hüfthöhe. »Da lebte meine Frau noch. Sie hat sich gut mit deiner Großmutter verstanden. Beide verband das gleiche Schicksal« – von Laufental stockte – »beide verloren ihren Sohn.« Von Laufental seufzte und schwieg. Nach einer Weile räusperte er sich und sah wieder zu Johnny.

»Wie geht es deiner Großmutter denn?«

»Gut«, sagte Johnny. Die Frage war ihm unangenehm. Das sah ich in seinem Gesicht.

Auch von Laufental bemerkte es, wie ich an seinem Blick erkannte. Aber er fragte nicht weiter.

»Ihr habt mir einen unschätzbaren Dienst erwiesen. Hans, ohne dich hätte ich diesen Druck niemals in die Kugel gebracht. Und du, Klaus, hast mir viele Male geholfen. Jungs, ich danke euch!« Er legte seine Pfeife beiseite.

Wir saßen im Halbkreis. Vor uns auf der Werkbank stand der Motor, aufgeschraubt auf eine Stahlplatte. Er nahm die Kugel, positionierte sie neben das Motorgehäuse und verband beide Teile mit der Rohrleitung, die er sorgfältig verschraubte. In der Leitung befand sich ein Ventil. Das bräuchte er nur noch aufzudrehen, sagte von Laufental, der nun aufgeregt wirkte.

»Passt auf! Es ist so weit«, sagte er feierlich und öffnete das Ventil. Ein schnurrendes Geräusch ertönte, Schwungrad und Riemenscheibe rotierten.

»Der Motor läuft!«, rief von Laufental. Sein Gesicht verzerrte sich, wieder zeigte sich diese merkwürdige Falte, die vom rechten Auge bis zum Mundwinkel hinunterlief.

Allmählich verringerte sich die Rotationsgeschwindigkeit der Kurbelwelle, dann stoppte der Motor. Von Laufentals Gesicht entspannte sich. Er blickte zu mir.

»Zwar hat es länger gedauert, als ich dachte, aber relativ betrachtet, war es nur eine kurze Zeit. Bald werden wir diese Erfindung anderen erklären müssen, Klaus. Aber zuerst werde ich sie absichern, zum Patent anmelden. Bis dahin«, er sah von Johnny zu mir und wieder zu Johnny, »verlasse ich mich auf eure Verschwiegenheit.«

Eine eigenartige Stille entstand. Von Laufentals Gesicht glühte. In seinem Blick lag Gewissheit. Er hatte es geschafft, endlich. Er hatte sein Ziel erreicht. Er hatte etwas erfunden, das die Welt verändern würde!

Je länger die Stille anhielt, desto unbehaglicher wurde mir. Ich blickte zu Johnny. Der räusperte sich und sagte: »Herr von Laufental, versteh ich es richtig, dass der Motor nur so lange läuft, wie Druckluft vorhanden ist?«

»Ja, aber das hier ist nur ein Modell. Der richtige Motor sieht natürlich anders aus.«

Er fixierte Johnny auf eine Weise, als wollte er sagen: Nun begreif es doch endlich, Junge.

»Gut«, Johnny tastete sich weiter heran, »aber wie würde denn der richtige Motor aussehen? Und wie der notwendige Druck gehalten werden?«

Noch während von Laufental darüber nachzudenken schien, äußerte Johnny seine Bedenken: »Das sieht …«, Johnny zögerte, »haben Sie auch an die Reibungsverluste gedacht?«

Laufental starrte Johnny immer noch an.

Da benutzte Johnny einen Begriff, der die Atmosphäre schlagartig veränderte, sie sozusagen auf den Kopf stellte. »Ihre Erfindung sieht nach einem Perpetuum mobile aus, Herr von Laufental.«

Von Laufentals Gesicht wurde bleich, dann wurde er laut: »Was bildest du dir eigentlich ein? Du meinst es besser zu wissen als ich? Ich, der Monate darüber nachgedacht und viele Jahre daran gearbeitet hat.«

Er ging auf Johnny los, packte ihn am Hemd mit solch einer Gewalt, dass Knöpfe flogen.

»Nein, nein, das war nicht meine Absicht, ganz bestimmt nicht. Ich wollte Ihnen lediglich behilflich sein. Bitte glauben Sie mir, bitte lassen Sie mich los.«

Johnny flehte.

Von Laufental hielt Johnny weiter eisern fest. Ich überlegte, wie ich Johnny beistehen könnte.

»Lassen Sie mich bitte los!« Johnnys Augenlider blinzelten, sein Mund zuckte.

Ich näherte mich von Laufental von hinten, um ihn mit meinen Armen zu umklammern. Da nannte von Laufental Johnny einen »verdammten Judenlümmel«.

Jetzt wehrte sich Johnny. Er ruderte mit den Armen, riss sich mit Gewalt los und rief: »Sie sind doch nicht ganz richtig im Kopf«. Er stieß von Laufental von sich. Ich konnte gerade noch ausweichen. Von Laufental stolperte rückwärts über die Reservepumpe, strauchelte, suchte mit seinen Händen vergeblich nach Halt und fiel. Schlug mit dem Hinterkopf gegen den Schraubstock und sank nieder, als wäre er tot.

Wir erschraken und starrten hinunter zu ihm. Johnny fasste sich zuerst. »Klaus, du bleibst hier! Ich laufe hinüber zum Krankenhaus und melde den Notfall.« Sein Atem flog.

»Ja gut, beeil dich.«

Neben von Laufentals Hinterkopf bildete sich eine kleine Blutlache. Ich befürchtete das Schlimmste. Ich umfasste sein Handgelenk und tastete mit zittrigen Fingern nach dem Puls. Er war schwach, aber fühlbar. Von Laufental lebte. Er könnte erbrechen. Ich zerrte und drückte ihn in Seitenlage und schob ein Kissen unter seinen Kopf, wie ich es in einem Erste-Hilfe-Kurs gelernt hatte.

Es waren vielleicht fünf, vielleicht sechs Minuten vergangen, als ein Arzt und eine Krankenschwester herbeieilten, ohne Johnny. Die Schwester überprüfte den Puls, der Arzt besah sich die Wunde.

»Das kriegen wir wieder hin, Herr von Laufental.« Er

redete laut und ohrfeigte von Laufental leicht. »Hören Sie mich? Wie geht es Ihnen? Sehen Sie mich an!«

Von Laufental öffnete die Augen.

»So ist es gut. Weiter so, sehen Sie mich an. Wie fühlen Sie sich?«

»... Mein Kopf ... Hans Schulz ...ke. Wo ist Hans ...?« Von Laufental sprach leise, man musste schon genau hinhören, um ihn zu verstehen.

Arzt und Krankenschwester richteten von Laufental gemeinsam auf und setzten ihn auf einen Stuhl. Die Schwester verband die Wunde notdürftig.

»Können Sie gehen?«

Der Arzt blickte von Laufental an. »Trauen Sie sich die Distanz zum Krankenhaus zu?«

Von Laufental nickte.

»Gut, dann stehen Sie jetzt bitte auf.«

Von Laufental blickte zu mir.

»Ich kümmere mich, Herr von Laufental.«

Von Laufental nickte wieder. Sie hakten ihn von beiden Seiten unter, halfen ihm auf und führten ihn zur weiteren Versorgung ins Krankenhaus.

Ich schaltete das Licht in der Werkstatt aus, schob den Schrank wieder vor die Tür und verließ die Wohnung. Ich schloss von außen ab. Was sollte ich als erstes machen? Ich lief zum Krankenhaus. An der Pforte gab ich den Schlüssel für von Laufental ab. Von da an beschäftigte mich nur noch ein Gedanke: Wo steckte Johnny?

## 32

Vielleicht war er zu Hause. Ich lief zu Schulzkes Unterkunft und klopfte an die Tür. Sogleich hörte ich schlurfende Schritte. Oma Schulzke öffnete. Ich grüßte freundlich, bemühte mich unaufgeregt zu wirken und fragte, ob Hans da sei.

»Nein, ist er nicht, Klaus Jankowski.«

Ihre schnarrende Stimme klang barsch wie immer, und doch nahm ich einen besorgten Unterton wahr.

»Er war kurz hier. Ich weiß nicht, wo er hin ist.«

»Hat er denn nichts gesagt?«

»Er hat ein paar Sachen in seinen Rucksack geworfen und ist losgelaufen, obwohl ich ihm gesagt hab, dass er hierbleiben soll.« Oma Schulzke wirkte hilflos. »Was habt ihr bloß wieder angestellt, Klaus?«

Erstmals nannte mich Oma Schulzke nur bei meinem Vornamen. Ich erzählte, was geschehen war. Zugegeben, nicht alles, um Oma Schulzke nicht unnötig aufzuregen.

»Herr von Laufental fiel unglücklich. Er ist jetzt im Krankenhaus. Nur vorsorglich.«

»Deshalb ist Hans weg?«

Um keine weitere Zeit zu verlieren, sagte ich: »Ich gehe ihn suchen«, und rannte los. Oma Schulzke rief mir noch etwas hinterher, was ich jedoch schon nicht mehr verstand.

Zuerst lief ich in den Park zu unserer Baumhöhle. Da war Johnny nicht. Wohin könnte er gegangen sein? Was könnte er vorhaben? Dachte er vielleicht, dass von Laufental Schlimmeres passiert wäre? Ich musste an Johnnys

Berufswunsch denken. »Wenn ich mit der Schule fertig bin, heuer ich als Schiffsjunge im Hamburger Hafen an«, hatte er gesagt. Ich lief zum Bahnhof und sah mich dort in der Halle um.

Als ich hinter dem Kiosk den Heizkörper unter dem Fenster sah, kamen mir für einen kurzen Moment die Jungen der Familie Tigges in den Sinn. Sie hatten mir nie mehr aufgelauert.

Ich las im Fahrplan. In der vergangenen halben Stunde war kein Zug gefahren. Wohin könnte Johnny noch gegangen sein? Da kam mir ein Gedanke. Ich rannte zurück ins Lager, zu Helga, und bat sie, mir ihr Fahrrad zu leihen. Sie fragte mich warum, und wohin ich wollte. Ich berichtete, was passiert war und meine Gedanken dazu. Sie bestand darauf, mitzukommen und setzte sich auf den Gepäckträger.

Regenwolken verdunkelten den Himmel, es wurde windig. Wir fuhren zum Deich, am Leuchtturm und der Kaserne für die Marine vorbei bis zur Stör. Inzwischen stürmte es. Die Äste der Bäume bogen sich, Zweige und Blätter flogen durch die Luft. Jetzt war es nicht mehr weit. Als wir das Gasthaus Kühl erreichten, schien eine Ewigkeit vergangen zu sein. Ich bremste. Helga sprang ab und hielt das Rad. Ich rannte zum Verschlag. Würde das Boot da noch liegen? Die Tür stand offen, es war weg. Helga war mir gefolgt. Wir tauschten wortlos Blicke, schoben das Rad den Deich hoch und weiter an der Stör entlang bis zur Mündung. Die Elbe war aufgewühlt. Das Wasser lief auf. War Johnny allein im Boot? Es könnte kentern und er ertrinken. Wir gingen die drei Kilometer auf dem Deich flussaufwärts Richtung Stadt. Unterwegs suchten wir mit den Augen die

Elbe ab. Das Boot war nirgends zu sehen. Wir erreichten den Ort. Wir sahen uns im Außen- und Binnenhafen um, am Rhin, blickten hinüber zum Garten von Herrn Fischer. Nichts. Johnny und das Boot schienen unauffindbar. Helga und ich wechselten nur wenige Worte, weil wir das gleiche dachten. Wir gingen zur Polizei.

Wir erklärten dem diensthabenden Beamten die Lage. Zwar legte der Polizist seine Stirn in Sorgenfalten, aber er glaubte uns nicht. Wir sollten bis morgen warten, meinte er. Bis dahin würde unser Freund wieder da sein.

»Bis dahin verstreicht wertvolle Zeit. Das Boot könnte kentern«, sagte Helga und warf mit einer energischen Kopfbewegung ihre Zöpfe nach hinten über die Schultern.

Der Polizist zog die Augenbrauen hoch, fuhr sich mit den Fingern durchs Haar und sagte: »Mein liebes Fräulein . . .«

Weiter kam er nicht. Ich machte einen entschlossenen Schritt auf ihn zu. »Hans ist mit einem Faltboot auf der Elbe. Bei diesem Wetter. Allein. Er will vielleicht nach Hamburg. Das schafft er nie. Bitte helfen Sie ihm, bevor er ertrinkt.«

Der Polizist grummelte vor sich hin, nickte ein paarmal, doch dann stellte er Fragen. Wir beschrieben Johnny und ich das Boot so genau wie möglich. Der Polizist machte sich Notizen. Danach griff er zum Telefon. Wir hörten, wie er die Wasserschutzpolizei alarmierte. Die Suche nach Johnny begann.

In der Nacht schlief ich nicht. Ich dachte über alles Mögliche nach. Warum hatten wir Johnny auf der Elbe nicht gesehen? War er bereits gekentert? Ist er ertrunken? Die Vorstellung, er könnte nicht mehr leben, blieb in meinem Kopf und ließ mich nicht mehr los. Erst am frühen Morgen, kam er mir, dieser Gedanke, der mich erleichterte: Johnny war zur anderen, der für Helga und mich nicht einsehbaren Seite der Rhinplate gepaddelt, zur Hauptschifffahrtslinie der Elbe. Das Wasser war aufgelaufen, er hatte den Wind im Rücken und war von ihm und den Wellen geschoben worden. Bestimmt hatte er es bis nach Hamburg geschafft.

Die Wasserschutzpolizei suchte die Nacht hindurch. Vergeblich, wie wir am nächsten Morgen erfuhren. Weder Johnny noch das Boot wurden gefunden. Die Suche würde aber fortgesetzt.

Ich wollte Johnny möglichst nah sein. Ich ging in den Stadtpark und stieg in unsere Baumhöhle. Hatte er es nach Hamburg geschafft? Und ein Schiff gefunden? War Johnny überhaupt noch am Leben? In einem Anflug von Zweifel und Kummer blickte ich hinüber zu seiner Astgabel, zu seinem Platz. Da sah ich etwas, was ich gestern in der Eile übersehen hatte. Da lag ein Stein, darunter lugte etwas Weißes hervor. Ich kletterte hinüber und hob den Stein auf. Es war ein Stück Papier, gefaltet, klein wie eine Streichholzschachtel. Ich hielt den Atem an. Entfaltete es. Eine Nachricht von Johnny.

Lieber Klaus,
niemals wieder gehe ich in ein Heim. Was ich dort durchmachen musste, könnte ich niemandem erzählen, nicht einmal Dir.

Dein Freund Johnny

Drei lange Tage hoffte, sorgte und ängstigte ich mich. Dann erhielten wir von der Polizei diese Nachricht: Das Faltboot wurde im Hamburger Ortsteil Övelgönne in Schröders Elbpark in der Nähe des Heinz-Leip-Ufers von einem Gärtner gefunden, versteckt inmitten von Büschen. Von Hans jedoch fehle weiterhin jede Spur.

Augenblicklich lösten sich meine Sorgen und Ängste auf. Johnny lebte! Ich bat, mir den Fundort auf einem Stadtplan zu zeigen. Zu den Landungsbrücken, die sich im Zentrum des Hamburger Hafens befinden, waren es etwa vier Kilometer. Jetzt war ich mir sicher. Vor meinem inneren Auge sah ich Johnny auf einem Schiff die Elbe flussabwärts fahren. Er hielt sich an der Reling fest und sah in Fahrtrichtung. Als hätte er meinen Blick gespürt, wandte er sich um und hob wie zum Abschied seinen Arm. Eigentlich wie sonst, wenn wir uns trennten. Und doch beschlich mich das ungute Gefühl, dass es diesmal ein Abschied für immer sein könnte.

# Nachwort

Britische Bomber hatten im Juli 1943 große Teile Hamburgs zerstört. Die Menschen flohen von dort aufs Land. Im Oktober 1944 begann die Flucht vor der Roten Armee. Millionen Deutsche flüchteten aus dem Osten nach Westen. Etwa siebenhundert Schiffe der Kriegsmarine brachten über zwei Millionen Menschen nach Mecklenburg und Schleswig-Holstein. Die Britische Armee marschierte in Niedersachsen ein, weitere Flüchtlinge drängten nach Schleswig-Holstein. Danach lebten in Schleswig-Holstein rund eine Million Menschen mehr als vor 1939. Auf vier Einheimische kamen drei Hinzugezogene. Der Mangel an Wohnraum, Nahrung, Kleidung und Arbeitsplätzen war erdrückend. Viele von den Flüchtlingen in den Lagern hungerten. Sie waren von Arbeitslosigkeit bedeutend stärker betroffen als Einheimische. Zwischen den Flüchtlingen und der eingesessenen Bevölkerung erschwerten materielle Not, Reibereien und offener Hass das Zusammenleben. Die damalige Rhetorik war mit den Pegida-Parolen vergleichbar. 1950 gab es noch über siebenhundert Flüchtlingslager mit etwa einhundertdreißigtausend Menschen. Erst 1956 wurde z. B. das Glückstädter Barackenlager in der Steinburgstraße aufgelöst.

In den Fünfziger- und zu Beginn der Sechzigerjahre bildeten sich Gruppen aus ehemaligen SA-, SS- und NSDAP-Leuten und Gleichgesinnten. 1964 wurde die nationalistische Partei NPD gegründet. In den Sechzigerjahren zog sie sieben Mal und zwischen 2004 und 2011 vier Mal in verschiedene Landtage ein. 2014 scheiterte sie in Sachsen, wegen der neu entstandenen Konkurrenzsituation durch die AfD, nur knapp an der Fünf-Prozent-Hürde. 2017 wurde sie wegen ihrer sprachlichen Nähe zur NSDAP und ihrer völkisch-nationalistischen Ideologie als verfassungsfeindlich eingestuft.

Beinahe jedes vierte Kind in Deutschland wuchs nach dem 2. Weltkrieg ohne Vater auf.

Die deutsche Erziehung in den fünfziger Jahren kannte vor allem Zucht und Ordnung. Wer durch Schulschwänzen oder als Junge durch lange Haare auffiel, konnte leicht in ein Fürsorgeheim, auch Korrektur- oder Besserungsanstalt genannt, eingewiesen werden. Dort herrschte zumeist Gewalt. Das Landesfürsorgeheim in Glückstadt zum Beispiel – so wurde es ab 1949 genannt, davor war es ein so genanntes „wildes KZ", dann ein Arbeitslager – war eine Verwahrungs- und Wegschließanstalt. Altgediente SA-Männer bewachten, drillten, misshandelten, drangsalierten Jugendliche. Ehemalige Heiminsassen berichteten auch von sexueller Gewalt. Sechs Insassen verübten Suizid. Ein Jugendlicher wurde auf der Flucht erschossen. Auch Peter-Jürgen Boock, späteres Mitglied der Roten-Armee-Fraktion, war in dieser Anstalt. 1969 kam es zum Aufstand. Insassen steckten Matratzen und Betten aus Protest gegen die Zustände in Brand. Erst im Dezember 1974 wurde »die Hölle von Glückstadt«, (Schleswig-Holsteiner Zeitungsverlag), geschlossen. Seit Mai 2011 erinnert daran eine Gedenktafel in Glückstadt, Ecke Groß Neuwerk/Am Jungfernstieg.

Körperliche Züchtigung ist seit Juni 1970 in den Schulen Schleswig-Holsteins verboten. Seitdem ist die Erziehung eine rein pädagogische Aufgabe.

Seit 2000 dürfen Eltern in Deutschland ihre Kinder nicht mehr körperlich züchtigen.

# Danksagung

Danken darf ich Petra Hammig-Krott, Dr. Harald Hohns-behn, Bettina Kohrs, Heino Lütthans, D. L. Schaefer und nicht zuletzt Gitta Zimmer.

# Erläuterungen

Rote Armee, RA: War die Bezeichnung für das Heer und die Luftstreitkräfte Sowjetrusslands.

Pegida: Patriotische Europäer gegen die Islamisierung des Abendlandes. Sie ist eine islam- und fremdenfeindliche, völkische, rassistische und rechtsextreme Organisation,

SA: Sturmabteilung. Sie war eine ähnlich wie beim Militär organisierte Kampftruppe der NSDAP während der Weimarer Republik.

NSDAP: Nationalsozialistische Deutsche Arbeiterpartei. Sie war eine in der Weimarer Republik gegründete politische Partei, deren Programm und Ideologie von radikalem Antisemitismus und Nationalismus sowie der Ablehnung von Demokratie und Marxismus bestimmt war.

Weimarer Republik: 1918 bis 1933, erste parlamentarische Demokratie in Deutschland.

SS: Schutzstaffel. Sie war eine nationalsozialistische Organisation in der Weimarer Republik und der Zeit des Nationalsozialismus, die der NSDAP und Adolf Hitler als Herrschafts- und Unterdrückungsinstrument diente.

NPD: Nationaldemokratische Partei Deutschlands. 1964 gegründete rechtsextreme und in Teilen neonazistische Kleinpartei. Nach Einschätzung zahlreicher Politikwissenschaftler, Historiker sowie des Bundesverfassungsgerichts weist sie eine programmatische und sprachliche Nähe zur NSDAP auf.

AfD: Alternative für Deutschland. Sie ist eine rechtspopulistische und rechtsextreme politische Partei. Sie wurde 2013 als eine gegen die Europäische Union skeptische und rechtsliberale Partei gegründet.

Frühes Konzentrationslager, sogenanntes wildes KZ: Nach der Machtübergabe an die Nationalsozialisten diente der Bau in Glückstadt ab April 1933 bis 1934 als Arbeitslager für politische Häftlinge (zumeist NS-Gegner) aus Schleswig-Holstein und Hamburg. Sie wurden willkürlich inhaftiert und durch Polizeibeamte und Hilfspolizisten von der SA bewacht.

Rote-Armee-Fraktion, RAF: 1970 gegründet. Sie war eine linksextremistische terroristische Vereinigung in der Bundesrepublik Deutschland. Sie war u.a. verantwortlich für 34 Morde an Führungskräften aus Politik, Wirtschaft und Verwaltung, deren Fahrern, an Polizisten, Zollbeamten und amerikanischen Soldaten. 1998 erklärte sie ihre Selbstauflösung.

Der Paragraf 175 im deutschen Strafgesetzbuch: Er stellte sexuelle Handlungen zwischen Personen männlichen Geschlechts unter Strafe. Am 11. Juni 1994 wurde er abgeschafft.